EDUARD BLUM

Bergisch
Kunst

Zum Buch

Unglaublich, in dem sonst so friedlichen Bergischen wird auf der Aussichtsplattform der weltweit bekannten »Krombacher Insel« ein Kunsthändler brutal ermordet. Sozusagen im Fokus der Öffentlichkeit. In Mafiamanier scheidet der Geschäftsführer eines angesehenen Auktionshauses in einem Nobelpuff unfreiwillig aus dem Leben. Doch damit nicht genug, der Amerikaner, der aus den USA angereist ist um die beiden Ermordeten zu treffen, verschwindet spurlos im Bergischen Nebel. Die Geschehnisse bringen Kareen Wagenknecht, Chefin der Kripo Gummersbach, so richtig auf die Palme. Sie ist dem Himmel dankbar, dass sie auf den ehemaligen Leiter der Kölner Mordkommission, Carl Blumberg, trifft. Seine Inspiration bringt sie immer dann weiter, wenn gar nichts mehr geht. Nur seine Alleingänge sieht sie je nach Lage mit einem lachenden oder einem tränenden Auge. Und Max, sein Hund, kann richtig sauer werden, wenn sein Leberwurstbrot nicht pünktlich auf den Tisch kommt.

EDUARD BLUM

Bergisch
Kunst

Der erste Fall für Hauptkommissarin
Kareen Wagenknecht

Bibliografische Information der Deutschen
Nationalbibliothek:
Die Deutsche Nationalbibliothek verzeichnet diese
Publikation in der Deutschen Nationalbibliografie;
detaillierte bibliografische Daten sind im Internet über
http://dnb.dnb.de abrufbar.

Titelbild:
Abstract, Acryl auf Leinwand
Künstlerin Edith J. Blum

1

Wiehltalsperre

»Verdammter Scheißhund.« Fluchend sah Blumberg Max hinterher, der urplötzlich durch die Büsche preschte. »Max hierher«, brüllte er, aber der registrierte nur noch die aufgenommene Witterung und ansonsten konnte die Welt ihn mal. Und passend, wie es ja nun mal sein musste, hörte Blumberg einen Geländewagen näherkommen. Steinfeld, der Revierförster, rückte an.

Verdammt, schoss es Blumberg durch den Kopf, erwischte Steinfeld Max ohne Leine, gab es eine Standpauke. Nach wenigen Metern kam er auf den Waldweg, der zum Aussichtspunkt führte. Just in dem Moment stürmte Max aus einem Gebüsch, umrundete jaulend seinen Chef, schielte schuldbewusst nach oben und bewässerte anschließend ausgiebig eine junge Buche. Überzeugt, der Form halber sei Genüge getan, stürmte er auf Blumberg zu, stieß ihn auffordernd mit seiner Schnauze ans Bein und wollte erneut nach vorne preschen.

»Max bei Fuß«, rief Blumberg, nahm ihn an die Leine und ließ sich von ihm nach vorne ziehen. Erleichtert atmete er auf, die Gardinenpredigt von Steinfeld war schon mal nicht angesagt. Mit einem tiefen Knurren zog Max ihn auf die neu angelegte Aussichtsplattform. Wie angeschossen blieb Blumberg stehen und starrte auf die Szene.

Auf einer Rastbank saß zusammengesunken eine schwarz gekleidete Gestalt. Regungslos, den Kopf auf die Brust gesenkt, die Arme rechts und links oben auf die Bank gelegt, machte sie den Eindruck einer schlafenden Person. Friedlich, unspektakulär, wenn da nicht der große dunkle Fleck auf der Erde gewesen wäre. Blumberg ging einige Meter näher und erkannte das Gesicht eines Mannes.

Das blasse Gesicht eines älteren Intellektuellen. Fein geschnitten, goldgerahmte Brille, weiße kragenlange Haare, schwarzer Anzug, hellblaues Hemd, rote Fliege. Nur das kreisrunde Loch in seiner Stirn passte nicht ganz zu dem feinen Eindruck. Mit zusammengekniffenen Augen betrachtete Blumberg die Hände des Toten. An die oberste Holzleiste der Bank mit Kabelbinder fixiert, waren sie nur noch blutige Klumpen. Das flaue Gefühl, das sich bei ihm bemerkbar machte, wurde stärker und die Brandlöcher in der Brust des Toten machten es auch nicht besser. Sekunden später wurde er abgelenkt durch den Land Rover, der auf den Rastplatz fuhr. Steinfeld kam gerade richtig. Blumberg hob den Arm und gab ihm ein Zeichen, dass er stoppen sollte, die Spuren am Tatort durften nicht zerstört werden. Steinfeld verstand sofort, hielt sein Auto an, stieg aus und blickte zu dem Toten hin.

»Carl, was ist denn hier los?«, fragte er irritiert.

»Eine unglaubliche Sauerei Lutz, der Mann dort wurde ermordet.«

Fassungslos schüttelte Steinfeld den Kopf.

»Der sieht ja aus, als ob er gefoltert wurde, das ist ja unglaublich. Hast du schon die Polizei verständigt?«

»Wollte ich gerade machen.«

»Gut, dann mache ich das jetzt.«

Nach dem Telefonat meinte Steinfeld, sie müssten dafür sorgen, dass niemand das Gelände betreten werde, so die Anweisung der Polizei.

»In etwa einer halben Stunde sind die hier und Carl, die kennen dich, dein ehemaliger Job bei der Kölner Kripo scheint bestens bekannt zu sein.«

»Schon möglich.«

Blumberg dachte an einige Ermittlungen, in deren Verlauf er mit den Kollegen aus Gummersbach zu tun hatte. Damals gab es einigen Wirbel, weil er aus Köln hinzugezogen wurde. Nicht alle bergische Kollegen waren darüber glücklich gewesen.

Nachdenklich zeigte Steinfeld auf den Platz.

»Um hier hinzukommen, muss man die Gegend kennen, es gibt keine Ausschilderung. Was bedeutet, dass die Täter sich hier auskennen.

Wann hast du den Toten gefunden?«

»Ich war höchstens fünf Minuten vor dir hier, ich wollte mir den neu angelegten Aussichtspunkt und die Insel mal ansehen. Ein Bericht im Wochenanzeiger hat mich neugierig gemacht. Bis dato konnte man die Krombacher Insel ja nur sonntags vor dem Tatort sehen.«

Eine Weile hingen sie ihren Gedanken nach, bis Steinfeld frustriert den Kopf schüttelte und meinte, der Mord würde die Ecke mächtig in Verruf bringen.

»Wo hier doch alles so schön angelegt wurde und

man einen so tollen Blick auf die Talsperre mit der Insel hat. Eine Oase der Entspannung ist hier entstanden. Und nun dieses Verbrechen, es ist nicht zu fassen.«

2

Tatort Aussichtsplattform

Nachdenklich ging Kareen Wagenknecht auf die am Land Rover wartenden Männer zu. Sie war sich nicht schlüssig, wie sie mit Carl Blumberg umzugehen hatte. Sollte sie ihn behandeln wie jeden anderen Zeugen oder musste sie ihm als ehemaligen Chef der Kölner Kripo gewisse Freiräume zugestehen? Sie hatte einiges über ihn gehört, sein Ruf war geradezu legendär. Sie beschloss, die Chemie entscheiden zu lassen.

Freundlich lächelnd erreichte sie die beiden Männer und begrüßte den Forstbeamten zuerst.

»Herr Steinfeld, es ist lange her, dass wir uns das letzte Mal gesehen haben. Ich glaube, es war im Frühjahr bei der Aktion Saubere Umwelt. Wir haben Vorträge in den Schulen gehalten, das war eine richtig gute Sache.

Tja«, mit gerunzelter Stirn blickte sie auf das rege Treiben der Kriminaltechnik.

»Und nun das hier.«

Dann wandte sie sich an Blumberg und stellte sich mit einem festen Händedruck vor.

»Kareen Wagenknecht, Hauptkommissarin in Gummersbach.« Sie blickte in seine dunklen Augen, die Ruhe und Wärme ausstrahlten. Anfang sechzig, Halbglatze, leicht gerötete Wangen, glatt rasiert, solide.

Blumberg war ihr sofort sympathisch.

»Na, endlich mal eine Frau an der Spitze der Bergischen Kripo, und dazu noch eine so junge.« Blumberg strahlte über das ganze Gesicht. Ungeniert musterte er die Hauptkommissarin, er schätzte sie auf etwa vierzig. Offenes einnehmendes Gesicht, schulterlange braune Haare, kräftige sportliche Figur, Jeans und Sportschuhe an. Eine Frau, die Tatkraft ausstrahlte.

»In meiner aktiven Zeit hatte ich ja schon mal öfters mit den Kollegen hier im Bergischen zu tun. Alles prima Leute, allerdings schon etwas älter und manchmal, wie soll ich sagen, sehr bedächtig«, sagte er schmunzelnd.

Er blickte in Wagenknechts klare, blaue Augen.

»Dagegen halten Sie ihre Leute ja ganz schön auf Trapp, wie ich das hier so sehe.«

Sie freute sich über seine Bemerkung, ging aber nicht weiter darauf ein und zeigte auf die Gruppe, die sich um den Tatort kümmerte.

»Die Pathologin schätzt, dass der Tod vor etwa fünf Stunden eingetreten ist, also so um fünf Uhr heute Morgen. Und es war kein Raubmord. In der Brieftasche des Toten waren dreihundert Euro und seine Rolex hatte er auch noch an.«

Beipflichtend nickte Blumberg.

»Dafür spricht auch, dass er gefoltert wurde, man wollte etwas aus ihm herauspressen.«

»Und wie es aussieht, hat er ganz schön lange durchgehalten.« Wagenknecht zog fröstelnd die Schulter hoch.

»Diese Wunden, man muss sich das mal vorstellen. Ihm wurden an der linken Hand zwei und an der rechten Hand drei Fingernägel abgerissen, der muss ja verrückt geworden sein vor Schmerzen. Und dann noch die ausgedrückten Zigaretten auf seiner Brust, das ist einfach nur irre. Die Obduktion wird sicherlich noch Genaueres ergeben.

Doch wir wissen, wer der Tote ist.«

Blumberg war nun echt gespannt.

»Roman Mansfeld. Laut seiner Visitenkarte Kunsthändler aus Köln.«

»Das ist Mansfeld?«

Überrascht sah der ehemalige Kölner Kripochef sie an.

»Kennen Sie ihn?«

»Ich kann mich erinnern, dass ein Mansfeld vor Jahren in eine miese Kunstgeschichte verwickelt war. Es ging um eine heiße lokale Kölner Sache. Mansfeld hatte einem Ratsmitglied der Stadt einen *Van der Meeren* verkauft, ein Ölgemälde, das im Art Loss Register verzeichnet war. Eine Carola Rosenstern hatte durch die Presse von dem Verkauf erfahren, das Bild erkannt, und konnte belegen, dass es aus der Sammlung ihres jüdischen Großvaters stammte. Nach langem hin und her wurde ihr das Bild schließlich zurückgegeben. Natürlich wollte das Ratsmitglied von Mansfeld sein Geld zurück. Das waren so einige tausend Euro und es muss dann noch viel Stunk zwischen den beiden gegeben haben.«

»Ich habe zwar nicht viel Ahnung von Kunst«, warf Steinfeld ein, »aber wenn ich in der Presse lese, mit welchen Millionenbeträgen da rumgeschmissen wird, könnte ich mir vorstellen, dass so ein fieser Mord wie dieser hier, gut in das Milieu passen würde. Übrigens«, fragend blickte er zu Blumberg hin.

»Art Loss Register, Carl ist das etwas, das ein bergischer Revierförster kennen muss?«

»Nein, musst du nicht. Das ist ein öffentliches Verzeichnis über Kunstwerke, die verschollen sind oder als vermisst eingetragen wurden.« Blumberg grinste heiter.

»Lutz, wenn man dir deinen Van Gogh klaut, stellst du das Bild in dieses Register. Geht heute schon im Internet. Nun kann jeder Auktionator, Kunsthändler oder Sammler, dem das Bild angeboten wird, in diesem Register nachsehen, ob es gesucht wird. In deinem Fall würde er also erfahren, dass dir der Van Gogh gestohlen wurde.«

»Und was geschieht dann?«

»Es gibt zwei Möglichkeiten. Ist derjenige, der im Art Loss Register das Bild findet eine ehrliche Haut, wird er sich mit dir oder einer Behörde in Verbindung setzen. Ihr könntet dann an den Verkäufer herantreten, um Näheres zu erfahren, beziehungsweise das Bild zurückfordern. Die zweite Möglichkeit besteht darin, das derjenige, der das Bild im Register sieht, die Sache totschweigt und versuchen wird, seinen Reibach zu machen.«

»Und es ist in der Tat leider so«, mischte sich die Hauptkommissarin ein, »dass sogar bekannte Kunsthäuser sich auf solch einen unseriösen Handel einlassen. Unter Ausschluss der Öffentlichkeit versteht sich. Da bekommt kein Mensch was von mit.« Bevor sie weiter darauf eingehen konnte, sah sie, dass ihre Leute die Utensilien einpackten. Jetzt musste sie klären, ob Mansfeld Angehörige hatte. Danach stand die Durchsuchung seiner Wohn- und Geschäftsräume an.

»Meine Herren«, sie zeigte auf den grauen Van.

»Den Toten werde ich in die Pathologie nach Köln überstellen und vielleicht wissen die dortigen Kollegen ja was über Mansfeld.«

Sie wandte sich an Blumberg, seine Meinung wollte sie noch hören.

»Wie schätzen Sie den Fall ein?«

»Nun, es ist schon naheliegend, dass hier krimineller Kunsthandel im Spiel ist. Steinfeld hat schon recht, wenn es um viel Geld geht, gelten hier dieselben Spielregeln wie bei allen anderen schmutzigen Geschäften. Kommt es zu Streitigkeiten oder die Brüder wollen sich gegenseitig bescheißen, sind kaltblütiger Mord und Foltermethoden eine gängige Spielart. Mansfeld musste jedenfalls in einer größeren Sache drinhängen, dieser Aufwand hier sieht sehr nach organisiertem Verbrechen aus.

Was mir aber so richtig gegen den Strich geht«, nachdenklich blickte Blumberg auf den Tatort, »ist, dass diese Killer sich bei uns herumtreiben. Seht euch diesen wunderschönen Platz an, idyllisch gelegen, mit bequemen Ruhebänken, mit Blick auf die berühmte Krombacher Insel, alles in herrlicher Natur. Und nun wird das Ganze durch so eine Sache entweiht.«

Frustriert schüttelte Blumberg den Kopf.

»Hier wagt sich doch keiner mehr hin.«

»Wir werden versuchen, den Fall bedeckt zu halten, aber«, Wagenknecht sah ihn zweifelnd an, »die Öffentlichkeit wird davon Wind bekommen, das wird sich nicht vermeiden lassen. Und Sie wissen ja, wie das hier bei uns ist, das geht rund, durch sämtliche Orte, bis hin zum letzten Siefen.«

Wagenknecht bat noch Blumberg und Steinfeld sie zu informieren, wenn sie etwas erfahren würden, was mit dem Fall zu tun haben könnte. Dann verabschiedete sie sich und ging rasch zu ihren Leuten.

Steinfeld bot Blumberg an, ihn in seinem Land Rover bis zum Parkplatz mitzunehmen. Doch dankend lehnte Blumberg ab, er wollte nachdenken, und das konnte er am besten beim Laufen durch die Natur. Er blickte auf die Uhr und dachte daran, dass er sowieso genug Zeit hatte. Elsa war auf einem Malseminar in Bad Reichenhall, er musste sich also selbst etwas zu Essen machen. Von daher war Pünktlichkeit nicht angesagt. Nachdenklich ging er in Richtung Parkplatz, seine Gedanken kreisten um den Mord. Für ihn stand fest, dass das Bergische in diese Geschichte verwickelt sein musste. Niemals waren die Killer von Köln über die A4 sechzig Kilometer bis aufs Land gefahren, um Mansfeld zu liquidieren. In der Großstadt hätten sie das bequemer erledigen können. Und wie Steinfeld richtig erkannt hatte, mussten sie sich in der Gegend auskennen. Doch beim besten Willen konnte er sich nicht vorstellen, mit welchen Leuten aus dem Bergischen ein Kunsthändler wie Mansfeld krumme Dinger gedreht haben könnte. Es musste

Verbindungen geben, die noch für einige Überraschungen sorgen konnten. Wie auch immer, er würde sich jetzt erst einmal was Ordentliches kochen, er verspürte einen Bärenhunger. Und wenn er das richtig sah, wurde Max langsam sauer, dass ihm sein Menü noch nicht serviert wurde.

3

Bergischer Grünkohleintopf

Zu Hause angekommen entschloss sich Blumberg etwas typisch Bergisches zu kochen. Seine Tante Frieda hatte ihm nicht nur ihr Haus, sondern auch einen Ordner mit alten bergischen Kochrezepten vererbt. Elsa kochte hin und wieder eines dieser Gerichte, sie schmeckten super lecker. Er sah nach, was an Naturalien vorrätig war, blätterte in den Kochrezepten und entschied sich für Bergischer Grünkohleintopf. Das ging schnell und er konnte direkt für zwei Tage kochen.

Bergischer Grünkohleintopf

... R e z e p t – Z u t a t e n

1 Tiefkühlpackung Grünkohl, ca. 500-600g, ½ Liter Fleischbrühe, 100g geräucherten rohen Speck, ½ Pfd. Kartoffeln, 2 Mettenden, Salz, Pfeffer, Muskat, ½ Zwiebel gewürfelt.

Er setzte den Grünkohl mit der Fleischbrühe auf, gab die gewürfelten Kartoffeln hinzu und würzte das Ganze mit Salz, Pfeffer und ein wenig Muskatnuss. Den Speck schnitt er anschließend in kleine Stücke, ließ ihn aus und schmorte ihn

danach mit den Zwiebelwürfeln leicht an. Anschließend kamen
der Speck und die Zwiebel zum Grünkohl hinzu. Die
Mettenden schnitt Blumberg mehrmals ein und ließ sie kurz vor
Ende der Garzeit im Grünkohl ziehen. Damit nichts ansetzte,
rührte er öfters um und schmeckte mit Salz und Pfeffer nochmals
ab. Fertig war das Ganze.

Pingelig bemüht, original zu kochen wie Tante Frieda, hatte er doch eine dreiviertel Stunde gebraucht und deckte nun in Vorfreude auf das Essen den Tisch. Max war natürlich wie immer nicht aus der Küche zu schlagen. Dieser Hund war ein richtiger Fresssack und wenn sein Herr und Meister kochte, wusste er, dass auch für ihn mal wieder etwas Besonderes abfiel.

Blumberg nahm sich ein gut gekühltes Veltins aus dem Kühlschrank, füllte den Teller mit Grünkohl, legte daneben die Mettwurst und gab als Abrundung noch etwas scharfen Senf aus der Kölner Senfmühle dazu.

Dann ließ er es sich so richtig gut schmecken.

Schmunzelnd ignorierte er Max, der auf seinen beiden Hinterläufen hoch aufgerichtet jeden seiner Bissen mit bettelnden Hundeaugen verfolgte.

Es schmeckte vorzüglich und ihm wurde mal wieder bewusst, wie gut es ihm doch wieder ging. Monatelang hatte ihm während seiner Krankheit überhaupt nichts mehr geschmeckt. Letztendlich hatte er immer weniger gegessen, sein Gewicht sank um fünfundzwanzig Kilo, die Muskulatur wurde so schlapp, dass er fast Anwärter für einen Rollator geworden wäre. Nach der lebensrettenden Operation hatte er dann aber wieder die Kurve gekriegt.

Ja, Tante Frieda, dachte er, eigentlich bist du zur richtigen Zeit gestorben. Just in dem Moment, wo nach dem ganzen Schlamassel Elsa und ich beschlossen hatten, nur noch bewusst und ohne Hektik den Rest unseres Lebens zu genießen, hast du für immer friedlich die Augen geschlossen und mir dein wunderschönes Häuschen hier im Bergischen vermacht.

Er sah Max an und lachte lauthals über seine abstrusen Gedanken.

Zum einen hätte er seiner Tante noch viele Jahre Lebensfreude gewünscht und zum anderen wegen dem geerbten Häuschen. Von wegen Häuschen, dieses Haus war schon immer sein Traumhaus gewesen.

Am Rande von Nümbrecht gelegen, Fachwerk Bauweise, anderthalbgeschossig, einhundertfünfzig Quadratmeter Wohnfläche. Doppelgarage mit Satteldach, Grundstück über zweitausend Quadratmeter groß. Lage mit fantastischem Blick über das Bergische.

Max alleine hatte einen eingezäunten Gartenbereich in einer Größe, auf die in Zeiten fast unbezahlbarer Grundstückspreise andere Leute ein Haus einschließlich Umlage bauten.

Blumberg hatte immer gerne in Köln gelebt, in dieser wunderbaren Stadt voll pulsierenden Lebens. Rheinische Kultur, der Dom, der Rhein, die Altstadt. Und eine Geschichte, die schon in der Römerzeit ihre Fundamente hatte. Während seiner Zeit bei dem Ersten Mordkommissariat hatte er die Stadt in- und auswendig kennengelernt. Die Viertel, die Ur Kölner, den rheinischen Humor. Wenn er auf Mörderjagd war, war es seine Stadt gewesen und man hatte ihm den entsprechenden Respekt gezollt. Doch nach der Krebsgeschichte wollte er nur noch frische, gesunde Luft einatmen, ursprüngliche Natur erleben, Tiere beobachten oder einfach nur spazieren gehen.

Als sie ins Bergische zogen, war es für Elsa anfangs ein Kulturschock gewesen, doch dann war sie hingegangen, hatte sich in dem großen Haus eine Malwerkstatt eingerichtet und Kurse gegeben, die bald schon eine feste Institution wurden. Sie richtete eigene Ausstellungen aus und ging auf Seminarreisen. So hatte auch sie die Erfüllung ihres Lebens gefunden.

Über diese Entwicklung war er einfach nur glücklich. Jetzt auch noch dieser dicke Mordfall, das Leben war doch schön. Und Max bekam heute ein besonders großes Leberwurstbrot.

Nachdem er die Küche aufgeräumt hatte, legte er sich auf die Gartenliege und freute sich auf sein geliebtes Mittagsschläfchen. Aber er konnte nicht abschalten, er musste an den Toten auf der Rastbank denken, an den irrsinnigen Mord hier im Bergischen. Das war einfach nicht normal. Seine Gedanken wurden durch das Vibrieren des Handys unterbrochen.

Elsa meldete sich.

»Carl«, wie immer fiel sie direkt mit der Tür ins Haus. »Stell dir vor, hier in Bad Reichenhall im Seminar sind doch zwei Kursteilnehmerinnen, die aus dem Bergischen kommen.

Die Sofie und die Hilde.

Sofie Seinisch kommt aus Heddinghausen und ist eine ganz Nette. Mit der gehe ich abends immer in den Gasthof *Zum Ochsen* was essen. Der ist praktisch direkt um die Ecke der Salinen, du weißt ja, dort sind die Seminare. Wir quatschen ein bisschen, nach dem anstrengenden Tag ist das immer ein schöner Abschluss.

Aber die andere, die Hilde Dickes, die ist ja wohl so was von eingebildet, die erzählt nur von ihren Ausstellungserfolgen und wie viel Geld sie damit verdient. Dabei ist die nicht in der Lage, auch nur annähernd das gesetzte Tagesthema zu erreichen oder einen geraden Strich zu ziehen.

Und weißt du, was das Schärfste ist?«

Blumberg wusste nicht.

»Sie bringt immer ihren Mann mit, der ihr die Paletten säubert und die Leinwände bespannt, dabei schielt dieser geile Bock doch nur nach den Akt Models, egal ob Weiblein oder Männlein. Vielleicht brauchen die das ja, um mal wieder, na ja, du weißt schon, was ich meine.«

Blumberg hörte geduldig zu, er wusste, bei dieser Tonlage war Elsa nicht zu bremsen.

»Aber Carl, nun sag mal, wie geht es dir? Denkst du an deine Tabletten und trinkst du auch genug? Du weißt ja, was die im Krankenhaus gesagt haben.«

Blumberg, der dieses Thema nun gar nicht diskutieren wollte, bestätigte, dass er an alles denke, dass es ihm super ginge und ansonsten gäbe es auch nichts Neues. Den Mordfall hielt er wohlweislich zurück. Elsa kannte ihn gut genug, um zu wissen, dass er dabei nicht außen vorbleiben würde. Während sie noch darüber diskutierten, ob er nach Reichenhall kommen sollte, um dort bis zu ihrem Seminarende einige Tage Urlaub zu machen, sah er im Display ein eingehendes Gespräch.

»Entschuldige Elsa, ich rufe dich gleich zurück, ich muss eben ein Gespräch annehmen«, sagte er und drückte sie weg.

»Kareen Wagenknecht hier«, meldete sich die Hauptkommissarin.

»Herr Blumberg, wir sind hier im Büro von Roman Mansfeld in Köln und sind auf Adressen gestoßen, an die er anscheinend verkauft hat. Diese werden gerade überprüft, das wird einige Zeit dauern. Zwischenzeitlich könnten Sie mir einen Gefallen tun.«

»Kein Problem, um was geht es?«

»Nun, wir haben ein Fax aus den USA gefunden, das vor einer Woche von einem Paul Stern aus Nord Carolina an Mansfeld geschickt wurde. Das ist wirklich spannend, denn dieser Paul Stern schreibt, dass er in dem Magazin USArt über die Versteigerung des Protkov Bildes *Dorfleben* gelesen hat, ein Bild, das seinem Vater gehörte. Als entartete Kunst wurde es 1942 von den Nazis beschlagnahmt und war seitdem verschwunden. Und dieser Paul Stern schreibt weiter, er hätte dieses Bild vor Jahren in das Art Loss Register ins Internet eingestellt. Als Nachweis für die Richtigkeit seines Besitzanspruches hätte er sogar den Kaufvertrag über den Erwerb des Bildes, den er im Nachlass seines Vaters gefunden hatte, ebenfalls veröffentlicht.

Und nun raten Sie mal«, Wagenknecht machte es richtig spannend, »wer das Bild *Dorfleben* dem Auktionshaus Merzbach und Söhne zur Versteigerung in Auftrag gegeben hat?«

»Mansfeld?«

»Genau, und das könnte ein ganz dickes Ding sein. Der Vater von Paul Stern war Jude, ebenso der Großvater der Carola Rosenstern, die Sie heute Morgen erwähnten. Das heißt, Mansfeld hat zumindest in diesen beiden Fällen Bilder verkauft, die ursprünglich in jüdischem Besitz waren. Und es steht fest, dass diese Bilder seit der Beschlagnahmung durch die Nazis in der Versenkung verschwunden waren.«

»Wahnsinn.«

Blumberg wollte kein Mittagsschläfchen mehr, er fühlte sich wie ein Bluthund auf der Fährte.

»Und das Auktionshaus Merzbach und Söhne hat putzmunter mitgespielt?«

»Ja, und wo glauben Sie, wo der Vater von Paul Stern herkommt?«

»Keine Ahnung, hier aus dem Bergischen?«

»Genau. Jacob Stern war Tuchfabrikant in Engelskirchen, ein dort hoch angesehener Bürger.«

»Das ist ja der Hammer. Sagen Sie, hat dieser Amerikaner, dieser Paul Stern, in seinem Schreiben Mansfeld bedroht?«

»Nein, er hat ihn aber aufgefordert, zu belegen, wie er zu dem Bild gekommen ist. Und das innerhalb von zwei Tagen per Fax.«

»Das heißt, wenn Mansfeld diesen Termin aus welchen Gründen auch immer, nicht eingehalten hat, sind heute fünf Tage nach Ablauf der Frist vergangen.«

»Genau, und in dieser Zeit könnte Paul Stern so manchen Stein ins Rollen gebracht haben.«

Wagenknecht klang erregt. Blumberg spürte, sie hatte Feuer gefangen. Er kannte das, es war wie bei der Liebe, Kribbeln im Bauch und hochsensibel ohne Ende.

»Herr Blumberg, ich hätte folgende Bitte an Sie: Könnten Sie herausfinden, was es damals, drei Jahre vor Kriegsende, mit der Familie Jacob Stern in Engelskirchen auf sich hatte? Es wäre super, wenn wir Informationen bekämen, ob es von dieser Familie noch Angehörige gibt, und wenn ja, wer und wo sie sind und was aus dem damaligen Unternehmen Stern geworden ist. Sie kommen doch von hier, ich könnte mir denken, dass es in Ihrer Familie oder in Ihrem Bekanntenkreis ältere Personen gibt, die das eine oder andere von früher noch wissen. Dinge, an die wir nicht so ohne weiteres herankommen. Sie wissen ja, wie die Leute sich in ihr Schneckenhaus verkriechen, wenn die Kripo vor ihnen steht. Ehrlich gesagt, habe ich auch nicht genug Leute, um so breit aufgestellte Recherchen kurzfristig durchführen zu können.«

Umso länger Blumberg zuhörte, desto aufgekratzter wurde er. Das war genau das, was er brauchte.

»Aber«, Wagenknecht hörte sich besorgt an.

»Bitte unternehmen Sie nur dann etwas, wenn Sie sich wirklich danach fühlen. Entschuldigen Sie, wenn ich das jetzt hier so sage, aber ich habe gehört, was Sie hinter sich haben. Ich möchte auf keinen Fall, das Sie etwas tun, das Ihnen gesundheitlich schaden könnte.«

Blumberg war total überrascht, dass die Hauptkommissarin ihn in einer laufenden Mordsache um Hilfe bat. Das war außergewöhnlich, die meisten Kollegen verschlossen sich wie eine Auster und er fand, genau so sahen auch einige aus. Wagenknecht war anders und sie mochten sich, das hatte er schon nach wenigen Minuten auf dem Rastplatz gespürt.

»Machen Sie sich keine Sorgen, mir geht es ausgezeichnet, ich freue mich, Ihnen helfen zu können«, stimmte er zu.

4

Industriepark Engelskirchen

Das alte Gemäuer sah nicht gerade einladend aus. Großes, dunkles Backsteingebäude, rostige eiserne Fensterrahmen, blinde Scheiben. Nichts gepflegt, alles vermockt, und eine Umlage, die einen Gärtner zu Methusalems Zeiten das letzte Mal gesehen haben musste.

Blumberg betrachtete das Firmenschild neben der Eingangstür.

»Otto Stern, Export-Import.«

Also zumindest einen Stern gab es noch. Eine Weile beobachtete er, wie mehrere Gabelstapler große Holzkisten und Gitterboxen vom Hof durch ein Tor in das Gebäude fuhren. Geschäftig, fast lautlos, unauffällig.

Auf dem Lieferanten-Parkplatz stand ein heruntergekommener LKW mit polnischem Kennzeichen. Ohne Beschriftung, dafür aber mit geflickter Ladeplane und verrostetem Auspuff. Die Lappen im Führerhaus waren zugezogen. Nicht gerade ein Vorzeigeunternehmen ging es Blumberg durch den Kopf. Wenn das der alte Stern sehen könnte, der würde sich im Grabe umdrehen. Stirnrunzelnd blickte er auf den schwarzen hochpolierten Porsche, der auf dem reservierten Parkplatz vor dem Gebäude stand.

Der Laden musste immerhin Geld abwerfen. Nun wirklich neugierig auf den, der hinter dieser Firma stand, ging Blumberg zum Eingang. Die Tür war unverschlossen und er betrat das Gebäude. Die verqualmte Luft, die ihm entgegenschlug, war zum Schneiden, was der Frau, die ihm entgegenblickte, nichts auszumachen schien. Genussvoll blies sie weiterhin blauen Dunst in den Raum.

Hellblond gefärbte schulterlange Haare, stark geschminkte Lippen, weite offene Bluse, leicht getöntes Engelsgesicht, höchstens Ende zwanzig. Nur die polarblauen kalten Augen, die ihn musterten, als sie fragte, was sie für ihn tun könnte, waren gar nicht engelhaft.

Starr, ausdruckslos, berechnend.

Blumberg stellte sich als Historiker vor, erklärte, er schreibe eine Dokumentation über bergische Unternehmen, die bereits vor dem Zweiten Weltkrieg existierten und heute noch auf dem Markt sind.

»Da ist die Firma Stern eine der ersten Adressen hier im Bergischen. 1935 mit fast zweihundert Beschäftigten und heute noch existent, das ist wirklich bemerkenswert. Darüber muss man berichten. Wenn Ihr Chef in dieser Angelegenheit ein paar Minuten Zeit für mich hätte, würde mir das sehr helfen.«

Skeptisch betrachtete ihn die engelhaft Schöne.

»Ich glaube kaum, das Otto, ich meine Herr Stern, an einer derartigen, wie sagten Sie, Dokumentation interessiert ist.« Sie hatte einen harten, Blumberg vermutete tschechischen Akzent, und zu dem Inhaber schien sie auch nicht gerade auf Distanz zu stehen.

»Und im Übrigen werden auch bei uns vorher Termine gemacht.«

Doch dann ging sie zum Schreibtisch, griff zum Telefon und sprach anscheinend mit ihrem Otto.

Blumberg beobachtete, wie sie gestikulierend das Gespräch führte. Schade, dass er nichts verstehen konnte.

Am Schluss legte die Schöne mit zufriedener Miene den Hörer auf und teilte ihm mit, das Herr Stern nicht interessiert sei. Und er wünsche nicht, dass über die Familie Stern geschrieben würde.

»Ich gebe Ihnen den guten Rat, sich daran zu halten«, meinte sie herablassend, blickte ihn kalt an und ging zu ihrem Schreibtisch.

Wegen dieses rüden Benehmens hätte Blumberg ihr am liebsten die Leviten gelesen, doch er hatte keinen Nerv für Diskussionen. Kopfschüttelnd verließ er grußlos das Gebäude.

Beim Herkommen hatte er an der Straßenecke vor dem Parkplatz die Gaststätte *Zur Schmiede* gesehen. Da Elsa noch in Reichenhall war und er keine Lust zum Kochen hatte, beschloss er, dort zu Mittag zu essen. Bei dieser Gelegenheit konnte er vielleicht etwas über die Firma Stern erfahren. Er ließ den Wagen stehen, ging die Industriestraße hinunter und registrierte, dass es einige kleine Handwerksbetriebe gab. Möglicherweise, überlegte er, waren das Gebäude, die einmal zu dem Sternchen Besitz gehörten und verpachtet oder verkauft wurden. Alle sahen renoviert und gepflegt aus.

In der Gaststätte setzte er sich an einen Zweiertisch

der einen guten Überblick bot. Es war noch früh, er war der einzige Gast, was ihm sehr gelegen kam. Nachdem er ein alkoholfreies Zunft Kölsch erhalten hatte, bestellte er das *Schmiede Krüstchen*, die Spezialität des Hauses, so der Wirt.

Dieser, ein älterer bergischer Typ, grüne Cordhose, grünes Hemd, grüner Pullunder, wahrscheinlich Jäger, setzte sich auf die Einladung zu einem Schnäpschen zu Blumberg an den Tisch.

»Ist ja noch früh, meine Gäste hier aus der Ecke kommen nicht vor zwölf Uhr«, meinte er. »Aber dann muss ich meiner Frau in der Küche helfen. Es muss alles schnell gehen, die Mittagspause der meisten Arbeiter ist nur fünfundvierzig Minuten lang.«

»Interessant, dieser Industriepark hier«, kam Blumberg direkt zur Sache. »Alles alter Bestand. Wissen Sie, als Historiker bekommt man einen Blick für solide gewachsene Strukturen.«

»Historiker, sind Sie beruflich hier?«

»Ich recherchiere für eine Dokumentation über bergische Unternehmen, die schon vor dem Zweiten Weltkrieg tätig waren und heute noch existieren. Eine interessante Aufgabe, aber nicht immer leichter Tobak.«

»Haben Sie hier bei uns recherchiert?«

Neugierig sah der Wirt ihn an.

»Nun, ich wollte, doch die Firma Stern, meine erste Adresse, war nicht gerade entgegenkommend. Oder besser gesagt, direkt ablehnend.«

»Stern«, der Wirt schüttelte den Kopf, »das hätte ich Ihnen sagen können. Das ist eine Firma, die hält ihre

Tore geschlossen. Wenn denen einer aufs Gelände kommt werden die nervös.«

»In Dokumenten des Stadtarchivs habe ich gelesen, dass der Gründer des Unternehmens, Jacob Stern«, bohrte Blumberg weiter, »nicht nur ein, heute würde man sagen, innovativer Unternehmer war, sondern auch ein Mann des Volkes. Vielen Menschen hat er Arbeit gegeben und sie anständig bezahlt. So konnten sie mit ihren Familien ein zufriedenes Leben führen. Zu der damaligen Zeit nicht unbedingt eine Selbstverständlichkeit.«

Zustimmend nickte der Wirt.

»Ja, der Jacob Stern, der war in Ordnung. Mein Vater, der hier früher eine Schmiede hatte, hat ihn gut gekannt. Er arbeitete für Stern, reparierte Schäden an den schweren Industriemaschinen und bekam jedes Mal prompt seinen Lohn auf die Hand.

Jacob Stern, das war ein Mann.«

Die Augen des Wirtes leuchteten auf.

»Der alte Stern sorgte sich um das Gemeinwohl seiner Leute. Er ließ eine Kindertagesstätte errichten, damit die Kinder gut versorgt wurden, wenn ihre Mütter bei ihm in der Fabrik arbeiteten. Wurde eine seiner Arbeiterinnen krank, kümmerte er sich persönlich um ihre Genesung und bezahlte oft auch noch die Arzt- und Arzneikosten. Oder bekam eine Frau ein Kind, musste sie nicht bis zum letzten Tag arbeiten und ihr Arbeitsplatz blieb ihr sicher.

Und auch sonst, wenn einer ohne Schuld in Not kam, Jacob Stern half immer wieder aus. Aber der, der heute dort sitzt«, der Wirt winkte ab, »der hat mit dem alten Stern nicht viel Gemeinsames.«

Seine Miene verfinsterte sich und der anschließende emotionale Ausbruch ließ einen in Gedanken versunkenen Blumberg zu seinem Auto gehen.

5

Traumziel, Bielstein

Sonja Feldmann, die Moderatorin von BergLokal, war ihm schon immer sympathisch gewesen. Ihre ungeschminkte lockere Art lokale Nachrichten an den Mann zu bringen, beeindruckte ihn jedes Mal. Heute allerdings hielt sie sich ziemlich bedeckt, als sie verkündete, dass der Geschäftsführer des bekannten Kölner Auktionshauses Merzbach und Söhne, Wolfram Bleibtreu, in einem Nobelbordell im Bergischen tot aufgefunden wurde.

»Die Staatsanwaltschaft schließt derzeit ein Gewaltverbrechen nicht aus«, schloss sie die Nachricht ab.

Blumberg war wie elektrisiert.

Merzbach und Söhne, das war doch das Auktionshaus, das das Bild *Dorfleben* aus dem Besitz der jüdischen Familie Stern von dem Kunsthändler Mansfeld zum Versteigern bekommen hatte. Und ausgerechnet der Geschäftsführer dieser Firma wurde in einem Puff im Bergischen ermordet. Dass er ermordet wurde, stand für Blumberg fest. Wenn die Staatsanwaltschaft ein Gewaltverbrechen nicht ausschloss, hieß das im Klartext, dass eins vorlag.

»Wenn das alles Zufall ist, kriegst du von mir jeden Tag ein doppeltes Leberwurstbrot«, meinte Blumberg zu Max, der momentan der Meinung war, bei einer Außentemperatur von dreißig Grad müsste er seinem Meister noch die Füße wärmen. Am liebsten hätte Blumberg sofort die Hauptkommissarin angerufen, um mehr über den Fall zu erfahren, fand es dann aber doch nicht so gut, letztendlich war er Privatmann. Zumindest optisch musste er sich heraushalten. Während er überlegte, was er unternehmen könnte, schellte es an der Haustür.

»Ja, das ist aber ein Ding, gerade habe ich an Sie gedacht«, begrüßte er die Besucherin.

»Bitte kommen Sie herein.«

»Ich hoffe, ich störe nicht, haben Sie ein paar Minuten Zeit?« Mit sorgenvollem Blick blickte ihn Kareen Wagenknecht an.

Blumberg winkte ab.

»Sie sind immer willkommen, ich freue mich, Sie zu sehen.« Er führte sie auf die Terrasse und holte aus der Küche als Erfrischung zwei gekühlte Apfelschorlen.

»Haben Sie schon von dem Todesfall in Bielstein gehört?«, kam die Hauptkommissarin direkt zur Sache.

»Gerade in den Nachrichten auf BergLokal.«

»Unglaublich, was da gelaufen ist.« Kareen Wagenknecht hörte sich frustriert an. »Wolfram Bleibtreu, Geschäftsführer von Merzbach und Söhne, die Firma sagt Ihnen ja was, erschossen in einem Bielsteiner Bordell. Tatwaffe eine Walther P5 mit aufgesetztem Schalldämpfer.

Genickschuss.

Hingerichtet.

Lautlos, professionell.

Kann man sich so etwas vorstellen?

Erst heute Morgen, als um acht Uhr die Reinigungsfrau das Zimmer aufräumen wollte, hat man ihn entdeckt.«

»Aber das gibt es doch nicht«, Blumberg sah sie stirnrunzelt an. »In so einem Haus geht es doch rein und raus, den Mord muss doch schon jemand früher bemerkt haben.«

»In diesem Fall nicht, Bleibtreu hatte seine Begleitung und das Zimmer bis morgens sieben Uhr bezahlt.«

»Was ist mit der Frau, mit der er die Nacht verbracht hat?«

»Nun, sie sagt aus, Bleibtreu wäre an dem Abend betrunken gewesen und schon vor Mitternacht weggeknickt. Sie hätte sich dann davon gemacht und wäre nach Hause gefahren.«

»Ist sie glaubwürdig?«

Wagenknecht hob die Schulter.

»Sie lebt alleine, sie hat kein Alibi. Und doch glaube ich, dass es so war. Trotzdem, möglich ist natürlich alles.«

»War Bleibtreu in diesem Bordell Stammkunde?«

»Ja, er lebte seit Jahren von seiner Frau getrennt, besuchte im Schnitt zweimal im Monat das *Traumziel* und seine bevorzugte Dame war diese Veronika Keller, genannt Viola. Sie stand ihm auch gestern zur Verfügung.«

Nachdenklich überdachte Blumberg die Situation. Für ihn gab es ein großes Fragezeichen.

»Wieso fuhr Bleibtreu zweimal im Monat ins

Bergische, um in ein Bordell zu gehen, in Köln hätte er das doch einfacher haben können.«

»Nun, er scheint in Köln ziemlich bekannt zu sein, war im Präsidium einer Karnevalsgesellschaft und Mitglied diverser Vereine. Er wollte wohl nicht ins Gerede kommen.«

»Sehen Sie eine Verbindung zwischen dem Mord an dem Kunsthändler Mansfeld und dem Tod von Bleibtreu?«

»Entschuldigung.«

Wagenknecht zog das Handy aus der Tasche ihres Sakkos und nahm das eingehende Telefonat an.

Blumberg bemerkte, wie sie angespannt ihre Stirn in Falten legte. Schließlich beendete sie das Gespräch mit »das ändert einiges, hoffentlich bleibt uns Interpol erspart. Ich melde mich wieder.«

Eine Weile saß sie gedankenverloren da, blickte über das weite sanfte Bergische, während ihre Gedanken an den neuen Ermittlungsergebnissen hängen blieben.

Blumberg, der sah, wie es in ihr arbeitete, ließ sie in Ruhe. Er holte eine Karaffe mit frischer Schorle aus dem Kühlschrank und stellte sie auf den großen, alten Holztisch. Dabei blickte er weit ins Bergische hinein. Es war ein Traumwetter. Klarer, blauer Himmel, endloser Blick, eine Atmosphäre zum Wohlfühlen.

Schließlich gab Wagenknecht sich einen Ruck und blickte Blumberg entschlossen an.

»Eigentlich dürfte ich es Ihnen nicht sagen, aber egal.« Sie sah in die aufmerksamen Augen des ehemaligen Leiters der Kölner Mordkommission und beschloss, ihn in den Fall mit einzubeziehen. Sozusagen als Amtshilfe. Sollten die Kollegen denken, was sie wollten, Blumberg hatte viel Erfahrung, die konnte ihnen nur zugutekommen.

»Unsere Techniker haben auf dem Handy des ermordeten Bleibtreu ein Gespräch mit Paul Stern zurückverfolgen können. Gestern, gegen zwanzig Uhr, hat Bleibtreu den Amerikaner von dem Bordell aus angerufen.« Vielsagend blickte die Hauptkommissarin Blumberg an.

»Der Anruf ging nach Köln.«

»Paul Stern in Köln, das ist ja ein Ding.« Überrascht überdachte Blumberg die Situation. »Dadurch bekommt die Geschichte eine neue Wendung. Zudem ich herausgefunden habe, das Paul Stern einen Bruder hat. Einen Otto Stern in Engelskirchen. Dieser hat die Fabrik oder besser gesagt, was davon übrig ist, übernommen. Vor Jahren muss dann zwischen den Brüdern etwas Gravierendes vorgefallen sein. Jedenfalls ist kurz darauf der jüngere Paul in die Staaten ausgewandert.« Ausführlich berichtete Blumberg von seinem Besuch bei der Firma Otto Stern und von dem Gespräch mit dem Wirt der Gaststätte *Zur Schmiede*.

»Und von meinem Onkel Gustav, der damals in der Tuchfabrik Stern gearbeitet hat, habe ich erfahren, dass von den beiden Söhnen Paul der solidere war. Sein älterer Bruder Otto geriet immer wieder in Schwierigkeiten.«

Wagenknecht hatte aufmerksam zugehört, steckte das Handy in die Jackentasche und erklärte, dass sie ihren Kollegen Wolfsbach beauftragt hatte Paul Stern über sein Handy zu erreichen. »Eine Stunde später hat er sich dann mit ihm in einem Hotel in der Kölner Südstadt getroffen. Dort hat er ein Foto von Stern gemacht und dieses per Mail zu unserer Dienststelle geschickt. Ein Kollege hat das Foto im Bordell rundgehen lassen und siehe da, Paul Stern wurde am gestrigen Abend, so etwa um einundzwanzig Uhr, dort gesehen. Zu einer Zeit, in der auch Bleibtreu sich dort aufhielt.«

»Haben die sich getroffen?«

»Das weiß keiner so richtig. Stern ist aufgefallen, weil er sich nicht wirklich für eine Frau interessierte. Zwei Frauen, die versucht haben bei ihm zu landen, wurden abgewimmelt. Er hat einen Whisky an der Bar getrunken und ist dann irgendwann unauffällig verschwunden.«

Blumberg war irgendwie betroffen. Seinem Bauchgefühl widerstrebte es, dass dieser Paul Stern ein Mörder sein könnte.

»Hat Ihr Kollege Stern verhört?«

»Ja. Stern hat ausgesagt, dass der Geschäftsführer des Hauses Merzbach und Söhne ihn so gegen zwanzig Uhr in seinem Hotel angerufen hat. Wobei er aber steif dabei bleibt, dass er gestern, also am selben Tag, sich ursprünglich mit Bleibtreu für achtzehn Uhr in der Kölner Altstadt verabredet hatte. Doch Bleibtreu ist nicht gekommen. Stern ist dann ziemlich wütend in sein Hotel zurückgegangen.

Dann kam der Anruf von Bleibtreu. Er lud Stern nach Bielstein ein. Der war zwar immer noch sauer, wollte das Treffen aber wahrnehmen. Immerhin war er aus den USA angereist, um den Geschäftsführer zur Rede zu stellen. Sein Leihwagen hatte ein Navi, so konnte er problemlos über die A4 nach Bielstein fahren. Nur«, Wagenknecht schüttelte den Kopf, »Paul Stern behauptet, als er bemerkte, in welches Etablissement Bleibtreu ihn eingeladen hatte, wären ihm Zweifel an der Seriosität dieses Mannes gekommen. Und ohne Bleibtreu zu treffen, hätte er an der Bar etwas getrunken und beschlossen, am folgenden Tag das Auktionshaus aufzusuchen. Kurz vor zweiundzwanzig Uhr wäre er zurück nach Köln gefahren und hätte ziemlich aufgewühlt in verschiedenen Kneipen einige Biere getrunken. So gegen ein Uhr sei er dann wieder in seinem Hotel gelandet. Die Uhrzeit hat der Hotelportier bestätigt. Doch in welchen Kneipen Stern gewesen ist, daran kann er sich nicht erinnern.«

»Das heißt, für die Zeit zwischen zweiundzwanzig und ein Uhr hat er kein Alibi?«

»Genau das ist der Punkt.«

6

Wiehl, Auf der Warth

Verdammt noble Villa. Super modern, flache Bauweise, riesengroße Panoramafenster, glatt, makellos. Eigentlich kein Haus, das ins gemütliche Bergische passte. Und normalerweise uneinsehbar.

Das war es, dieses normalerweise. Jetzt gaben zwei braun gewordene Nadelbäume, die wie Gerippe an der nördlichen Grundstücksgrenze standen, den Blick auf das Gebäude frei. Der Besitzer schien den Durchbruch seines ansonsten abgeschotteten Geländes noch nicht so richtig bemerkt zu haben.

Blumberg jedenfalls, mit seinem alten Zeiss Fernglas ausgerüstet, konnte wunderbar die Szene im Wohnraum beobachten. Und wer hätte das gedacht, die engelhaft Schöne aus dem vermockten Gebäude der Firma Stern in solch einem Haus. Ihr gegenüber stand ein Mann, das musste Otto Stern sein. Nicht mehr ganz frisch, klein gebaut, Umfang überdimensional. Tiefschwarze Haare, gestylt wie sein Porsche. Gerade gab er der Frau eine solch heftige Ohrfeige, dass sie taumelte. Er hob den Arm, um sie nochmals zu schlagen, überlegte es sich anders und stieß sie auf die elegante Sitzgruppe. Na, scheint ja eine tolle Harmonie zwischen den beiden zu herrschen, dachte Blumberg. Er blickte sich um, ob ihn keiner beobachtete. Schließlich wollte er nicht als Spanner dastehen. Überhaupt konnte er sein Glück kaum fassen. Nachdem er herausgefunden hatte, wo Otto Stern wohnte, wollte er sich das Anwesen einmal näher ansehen. Und dann diese Lücke im Grundstück. Das reinste Open Air Kino.

Perfekt getarnt durch Max, machte er einen auf Mitglied der Wiehler Rentnerband, die hier oben auf der Warth mit ihren Vierbeinern einen Abend Spaziergang machten.

Richtung Oberholzen, das passte.

Er und Max fielen nicht weiter auf, die paar Meter abseits des Weges zu den Bäumen, hinter denen er stand, war Bagatellsache. Sollte ihn einer entdecken, nun ja, jeder musste mal müssen. Nur das Fernglas durfte keiner sehen. Das könnte verkehrt verstanden werden. Blumberg beobachtete, wie der Herr des Hauses aus dem Blickfeld verschwand, als wenige Minuten später etwas sehr Merkwürdiges geschah. Aufgeschreckt blickte die blonde Schöne zur Terrassentür, sprang auf, öffnete sie und ließ zwei Männer herein.

Aber was für Kanthölzer.

Schwarz gekleidet, jeder mindestens einsneunzig groß mit einem Körperbau, der darauf schließen ließ, dass sie ein Abo bei einer Muckibude hatten. Und Gesichter, bei denen wäre glatt Maskenpflicht angesagt. Ebenso schnell wie sie die Männer hereingelassen hatte, verschwand sie mit ihnen aus dem Blickfeld.

Verdammt, dass ich nicht näher heran kann, fluchte

Blumberg im Stillen. Es war ihm schleierhaft, wieso er die Männer nicht bemerkt hatte, die konnten nur durch den Garten gekommen sein. Oder es gab einen separaten Zugang für Besucher, die klammheimlich ins Haus wollten. Nach wenigen Minuten sah er, dass in weiteren Räumen Licht anging, hatte aber nicht genug Einblick, um Näheres erkennen zu können.

Etwa nach einer Stunde war er es leid. Seine Beine wurden steif und Max wurde langsam sauer. Die Zeit für sein Leberwurstbrot war schon weit überschritten und darin verstand dieser Hund überhaupt keinen Spaß. Massiv seinen Chef immer wieder ans Bein stupsend hielt er Blumberg die Hunde Uhr vor die Nase. Und das Tageslicht wurde auch immer schwächer.

Blumberg ging die schmale Straße zum Wiehler Ortskern hinunter und kam an der breiten Einfahrt des Hauses von Stern vorbei. Seine stille Hoffnung, ein Auto dort zu sehen, wurde allerdings enttäuscht.

Nichts.

Kein Auto.

Tor geschlossen, eine total abgeschottete Welt.

Merkwürdig.

Für heute hatte er die Nase voll und beschloss Schluss zu machen. In Vorfreude auf ein leckeres Abendessen nahm er Max an die kurze Leine und steuerte die nächste Querstraße an, wo sein Land Rover parkte.

7

Gummersbach, Kommissariat

Durch die Spiegelglasscheibe blickte er auf den Mann in dem Vernehmungsraum. Paul Stern war das genaue Gegenteil von seinem Bruder Otto. Groß, schlank, ungefärbt graumeliert, sympathische Züge. Dem Zeitungsausschnitt zufolge, den er im Archiv gefunden hatte, war Paul Stern geradezu das Abbild seines Vaters Jacob. Wenn Blumberg in seiner langjährigen Praxis auch gelernt hatte, dass man keinem Menschen in den Kopf sehen konnte, stand er doch zu seinem Bauchgefühl, das ihm sagte, dass dieser Mann kein Mörder war. Seine Körpersprache strahlte Ruhe und Gelassenheit aus, während er die Angaben über seinen Aufenthalt in Deutschland präzise und lückenlos der Hauptkommissarin darstellte.

Der Schickimicki, der lässig an der Wand lehnte, Kriminalassistent Wolfsbach, hatte Paul Stern als Täter bereits abgehakt.

»Sie können uns viel erzählen. Erst fahren Sie zu der Verabredung in den Puff und dann wollen Sie Bleibtreu dort nicht getroffen haben?« Herablassend blickte Wolfsbach auf den Amerikaner.

»Für wie dumm halten Sie uns eigentlich?«

Beschwichtigend hob Wagenknecht die Hand und wandte sich ihrem Gegenüber zu.

»Herr Stern, Sie müssen schon zugeben, dass Ihre Darstellung zumindest schwer zu glauben ist.«

»Es ist aber so, wie ich gesagt habe.« Stern sprach ein akzentfreies Deutsch, das auf seine Lebensjahre in Deutschland hinwies.

»Als ich gemerkt habe, in welch eine Location Herr Bleibtreu mich eingeladen hatte, kamen mir Zweifel an der Seriosität dieses Mannes. Deshalb habe ich spontan entschieden, am anderen Tag direkt mit dem Inhaber von Merzbach und Söhne zu reden.« Beschwörend sah Stern die Hauptkommissarin an.

»Stellen Sie sich meine Situation vor. Nachdem in dem Magazin USArt veröffentlicht wurde, das Mansfeld das Bild meines Vaters an Merzbach und Söhne zum Versteigern in Auftrag gegeben hatte, habe ich Mansfeld ein Fax geschickt. Ich wollte wissen, wie er an das Bild gekommen ist. Als nach Tagen keine Antwort kam, habe ich das Auktionshaus in Köln angerufen. Dort wurde ich an Herrn Bleibtreu, dem Geschäftsführer, verwiesen. Dieser teilte mir mit, das Mansfeld ermordet wurde. Können Sie sich vorstellen, wie mich das geschockt hat?«

Konzentriert sah Stern die Hauptkommissarin an. Ohne auf das zynische Räuspern von Wolfsbach zu reagieren, machte er weiter seine Aussage.

»Auf meine Frage dann, wie das versteigerte Bild *Dorfleben* in den Besitz von Mansfeld gekommen ist, wollte der Geschäftsführer mir nicht antworten. Als ich nicht locker ließ, schlug er letztendlich ein Treffen in Köln vor. Sicherlich dachte er, dass ich wegen eines Bildes die weite Reise nicht machen würde. Aber da hatte er sich geirrt.« Paul Stern sah Wolfsbach missbilligend an.

»Und Sie junger Mann versuchen einmal, sich in meine Lage zu versetzen, als ich bemerkte, das Bleibtreu mich in ein Bordell eingeladen hatte. Zudem er mich Stunden vorher bei dem vereinbarten Termin in der Kölner Altstadt versetzt hatte. Es müsste eigentlich jeder verstehen, dass ich unter diesen Umständen misstrauisch wurde.«

Blumberg konnte sich nur allzu gut vorstellen, wie es in der Hauptkommissarin arbeitete, sie konnte halt nicht so frei auf ihr Bauchgefühl hören wie er, als Ermittlerin durften für sie nur die Fakten zählen. Und Paul Stern hätte nun einmal zu der infrage kommenden Zeit den Mord an Bleibtreu verüben können.

Schließlich bat Wagenknecht ihren Assistenten Wolfsbach für alle einen Kaffee zu holen. Nach der zweiten Aufforderung verließ er mit Murren und Knurren den Raum. Bei dieser Dienstleistung wurde wohl sein Ego etwas leicht angekratzt.

Mit diesem Schniegel, dachte Blumberg, wird sie noch manchen Strauß auszufechten haben.

Nach Minuten des Schweigens drückte die Hauptkommissarin auf den Knopf der Sprechanlage und bat Blumberg in den Vernehmungsraum. Damit hatte er nicht gerechnet, er als Privatmann anwesend bei einem Verhör, hoffentlich gab das keinen Knatsch im Kommissariat. Aber sie war die Chefin in dem Laden, sie musste es wissen. Steif erhob er sich von dem harten Stuhl, froh, die muffige Kammer verlassen zu können und ging in den Raum nebenan.

»Herr Stern, das ist Herr Blumberg, ehemals Chef der Kölner Mordkommission. Herr Blumberg ist hier in der Funktion als Zeuge im Mordfall Mansfeld«, stellte ihn die Hauptkommissarin vor.

Wolfsbach, der gerade mit drei Tassen ins Zimmer kam, sah Blumberg und hätte fast den Kaffee verschüttet.

Spitz sah er seine Chefin an.

»Was macht der denn hier?«

Wortlos nahm ihm Wagenknecht die Tassen ab, stellte sie vor Stern und Blumberg und behielt die letzte für sich. Wolfsbachs säuerliches Gesicht wäre glatt ein Foto wert gewesen.

8

Köln, Domplatte

Ohne einen Parkplatz ergattern zu können, fuhren sie mehrmals durch die Komödienstrasse. Es war Freitag, schönes Wetter, Himmel und Menschen, Köln platzte aus allen Nähten.

»Es hat keinen Zweck.«

Blumberg zeigte in Richtung Dom.

»Wir müssen ins Parkhaus unter der Domplatte. Wenn wir Glück haben, finden wir dort noch einen Parkplatz.«

Wagenknecht nickte zustimmend und ordnete sich auf die mittlere Spur ein.

»Wieso hat ein so großes Auktionshaus wie Merzbach und Söhne keinen Kundenparkplatz? Das ist bei deren Klientel doch eigentlich ein Muss«, meinte sie genervt. »Die werden doch ihren honorigen Besuchern nicht zumuten, so wie wir durch die Stadt gurken zu müssen, um parken zu können.«

»Wären wir honorige Besucher«, Blumberg lachte verhalten, »dann hätten wir jetzt eine Chipkarte für die Einfahrt in deren Tiefgarage, an der wir soeben vorbeigefahren sind.«

»Tiefgarage?«

Verwundert schüttelte Wagenknecht den Kopf.

»Ich habe keine Einfahrt zu einer Tiefgarage

gesehen.«

»Tja«, Blumberg blickte zum tausendsten Mal in seinem Leben auf die Faszination Dom.

»Wir sind hier in Köln. Wo Sie eine nüchterne Garageneinfahrt erwarten, haben so noble Häuser wie Merzbach und Söhne eine römische Hausnummer auf der Mauer und als Garageneinfahrt ein schickes Designertor. Breit genug für die größte Nobelkarosse.«

»Scheiße, was soll das?«

Wagenknecht machte eine Vollbremsung, um die Frau nicht zu überfahren, die ohne nach rechts und links zu sehen, urplötzlich über die Straße ging. Durch den Ruck wurde Blumberg nach vorne geschleudert. Spontan dankte er mal wieder dem Erfinder des Sicherheitsgurtes.

»Sehen Sie sich die Frau an.«

Ungläubig zeigte Wagenknecht auf die Gestalt, die aus dem Märchen *Lumpen Marie* entsprungen sein musste. Kleiner, gedrungener laufender Meter, gekleidet mit grauer Filzkappe, die aussah wie ein auf den Kopf gestellter Nachttopf. Bunter Poncho, irgendwann einmal genäht aus den Lappen einer Stoffrestehalle. Die Füße der Erscheinung steckten in ausgelatschten dünnen Turnschuhen, vor sich her schob sie einen Einkaufswagen mit dem Hausstand.

»Mein Gott noch, das gibt es doch nicht.«

Geschockt packte Wagenknecht die Hand von Blumberg und drückte sie so fest, dass er seine Arthrose spürte.

»Hier vor dem Dom so ein Bild des Elends, das gibt es doch nicht.« Ihre Augen richteten sich auf die

Turmspitzen oder doch eher zum Himmel? Blumberg war sich da nicht so sicher. Doch über eines war er sich sicher, das Gesicht dieser Märchengestalt kannte er nur zu gut.

»Ich kenne diese Frau, das ist Heidekind Schildbach, eine ganz arme Socke«, äußerte er sich. »Vor Jahren ist sie nach dem gewaltsamen Tod ihres Mannes in den Verdacht geraten, ihn vergiftet zu haben. Sie hat damals Furchtbares mitgemacht. Mir ist es dann gelungen, ihre Schwägerin zu überführen, die ein Verhältnis mit dem Kerl hatte und ihn schließlich mit E 605 vergiftete. Aber sie hat es so geschickt gemacht, dass der Verdacht auf die Ehefrau fallen musste.«

Mitleid machte sich in Blumberg breit.

»Stellen Sie sich vor, diese Frau dort ist in einer der vornehmsten Familien Kölns groß geworden. Ihr Vater besaß eines der angesehensten Bankhäuser in der Stadt. Doch an dem Tag, an dem in der *StadtBild* in drei Zentimeter großen Buchstaben stand, das Heidekind Schildbach unter Mordverdacht an ihrem Mann stand, wurde das Leben dieser hochgeachteten Familie zerstört.«

Blumberg stieß einen tiefen Seufzer aus.

»Auch für mich war es eine üble Zeit, ich stand unter ständigem Druck. Von oben wurde ich geknebelt, um den Fall schnellstens zum Abschluss zu bringen. Wie das oft so ist, wenn auf einmal ernste Schwierigkeiten aufkommen, überlegen sich selbst die besten Freunde, ob sie öffentlich noch Kontakt mit einem pflegen können. Bei den Schildbachs war das nicht anders.

Der Patriarch dieses Kölner Geschlechts hatte außer seinen weitreichenden Geschäftsbeziehungen einige Ehrenämter in der Stadt. Da wollte man natürlich wissen, ob man sich auch weiterhin zu ihm bekennen konnte.«

»Kann das Leben mies sein.« Wagenknecht war froh, dass sie in solch einer Liga nicht zu Hause war.

»Es hat ihnen dann auch nichts genutzt, dass ihre Tochter entlastet wurde, zu viele Dinge sind an die Öffentlichkeit gelangt, die niemals das Haus der Familie hätten verlassen dürfen. Auch dort gab es schmutzige Wäsche. Das Bankhaus wurde verkauft, die Bonität war auch nicht so, wie es nach außen hin ausgesehen hatte, die Bank stand kurz vor der Pleite. Nach der miesen Geschichte zog sich die Familie aus der Öffentlichkeit zurück. Soviel ich damals mitbekommen habe, waren es nur ganz wenige Freunde, die am Ende noch zu ihnen hielten. Mit faden Argumenten wurde dem Senior nahegelegt, seine öffentlichen Ämter niederzulegen. Dabei hatte dieser Mann privat viel Geld in soziale Projekte gesteckt und sehr vielen Menschen geholfen. Nach nur wenigen Jahren sind die Eltern der Heidekind Schildbach kurz hintereinander gestorben. Die Entwürdigung, die ihnen widerfahren ist, haben sie nie überwinden können.«

Mitfühlend blickte Blumberg durch die Seitenscheibe des Audis auf die schlaffe Gestalt, die sich auf der anderen Straßenseite abmühte, den hoch beladenen Einkaufswagen über den Bordstein zu ziehen.

»Ihre Tochter hat das Trinken angefangen und das da ist aus ihr geworden.«

Wagenknecht spürte, wie die Geschichte Blumberg an die Nieren ging. Sie war überzeugt, dass er längst nicht alles Hässliche in dieser Angelegenheit gesagt hatte. Die Begegnung der dritten Art drückte so intensiv auf ihre Stimmung, dass sie bis zum Termin im Auktionshaus still ihren Gedanken nachhingen.

9

Köln, Auktionshaus

»Verhaftung und Deportation der Juden, Beschlagnahmung ihres Eigentums, Auslöschung ganzer Familien von heute auf morgen, ein wahrer Irrsinn, der während der Nazizeit geschah. Und heute«, Friederich Merzbach blickte seine Gegenüber mit entrüsteter Miene an, »profitieren immer noch viele Leute, sehr viele Leute, von diesen Geschehnissen. Riesige Summen gehen für Kunstwerke über den Tisch, wobei es keinen interessiert, ob die ehemals rechtmäßigen Besitzer vergast, erschossen, zu Tode geprügelt oder einfach nur verhungert, ihren Tod gefunden haben.«

»Aber wie ist das möglich?«

Zweifelnd sah Kareen Wagenknecht den Inhaber des Auktionshauses an.

»Wie können Bilder, die zu einem großen Teil aufgelistet und in Fach- und Sammlerkreisen bekannt sind, einfach so weiter gehandelt werden?«

Friederich Merzbach, steif auf der eleganten weißen Ledercouch sitzend, ein Mann, bestens geeignet als Reklameschild für Seriosität, straffte seinen Oberkörper, wobei die blütenweißen Manschetten noch mehr aus dem Jackett herausragten.

Auf die Manschettenknöpfe blickend, hätte

Blumberg schwören können, dass die aufgelegten Monogramm-Reliefs aus hochkarätigem Gold waren. Wie wohl auch kein Zweifel an dem Wert des Siegel-Ringes bestand, den Merzbach an der linken Hand trug. Und das Büro machte auch nicht gerade einen alltäglichen Eindruck. Bodentiefe Fenster mit Ausblick auf den Dom, Alte Meister an den Wänden, dicke Perserteppiche, sündhaft teure Einrichtung.

Auktionator müsste man sein.

»Bitte«, Merzbach sah seine Besucher offen an.

»In der Regel interessiert die Käufer von Kunstgegenständen die Herkunft nicht sonderlich. Sie verlangen selten einen Provenienz Nachweis. Schon gar nicht, wenn ein Kunstobjekt nach jüdischer Herkunft riecht. Keiner will mehr so gerne an Dinge rütteln, die in der Zeit zwischen 1933 und 1945 geschehen sind. Die Geschehnisse werden verdrängt.«

»Provenienz Nachweis heißt Herkunftsnachweis?«, fragte Wagenknecht.

»Genau, liegt ein solcher vor, bezieht sich dieser jedoch meist nur auf wenige Jahrzehnte zurück. Alles, was davor war, wird als unbekannt angegeben. Sie müssen wissen, der Handel mit NS Raubkunst war der größte Deal aller Zeiten. Was glauben Sie«, Merzbach nippte an seiner hauchdünnen Teetasse, »was an Raubkunst heute, über siebzig Jahre nach Kriegsende, noch in Museen lagern? Da wird über eine Restitution, also über eine Rückgabe an die ursprünglichen Besitzer oder deren Nachkommen, erst gar nicht nachgedacht.«

»Aber alles ist blütenweiß.«

Blumberg konnte nicht verhindern, dass ihm das

herausrutschte und er fragte sich, ob das Hemd seines Gegenübers wirklich so unbefleckt war, wie es aussah.

Merzbach schien seine Gedanken zu ahnen, missbilligend blickte er demonstrativ auf die Uhr auf seinem Schreibtisch.

»Wir müssen zum Schluss kommen. Sie werden verstehen, mein Terminplan ist eng gesetzt.«

»Trotzdem müssen Sie uns erklären, wieso Sie das Bild *Dorfleben*, obwohl es im Art Loss Register eingetragen ist, versteigert haben.« Wagenknecht wollte Merzbach aus der Reserve locken. Bei dem Gedanken, dass auch in diesem ehrenwerten Haus Geld nicht stank, wurde sie nämlich so langsam sauer.

»Wissen Sie«, Merzbachs Stimme klang beschwörend, »das Unternehmen wird von mir in der dritten Generation geführt. Die Philosophie meiner Vorfahren, ein Auktionshaus zu führen, das die Echtheit und Herkunft der Exponate dokumentiert und garantiert, ist auch mein Unternehmensgrundsatz. Und da gibt es keine Ausnahmen.« Er blickte durch das Panoramafenster und zeigte auf den Dom.

»Ich bin im Dombau Kuratorium, habe zudem einige Ehrenämter auf kirchlicher Ebene, glauben Sie mir, nichts ist mir verhasster als Unehrlichkeit und Betrug. Für den Verkauf des Bildes *Dorfleben* war ausschließlich mein Geschäftsführer Bleibtreu verantwortlich. Er hatte Prokura und genoss mein vollstes Vertrauen. Erst jetzt nach seinem tragischen Tod habe ich erfahren, dass dieses Bild als verschollen galt. Bleibtreu hatte von dem Kunsthändler Mansfeld den Auftrag bekommen, das Bild zu versteigern. In dem Vertrag hat Mansfeld bestätigt, dass er das Kunstwerk vor etwa sechs Monaten von einem Schweizer Händler erworben hat. Ohne Provenienz Nachweis, Herkunft zugesichert unbekannt. Wieso dann Bleibtreu die Eintragung im Art Loss Register nicht zur Kenntnis genommen hat, kann ich mir nicht erklären. Wäre er nicht zu Tode gekommen, hätte ich ihm jetzt kündigen müssen. Seine Vorgehensweise ist nicht entschuldbar. Zum Glück ist der Ruf unseres Hauses trotz dieses Vorfalles weiterhin über jeden Zweifel erhaben.«

Blumberg dachte, das Merzbach nun wieder den Dom anhimmeln würde, doch er gab sich mit einem Schluck Tee zufrieden.

Wagenknecht stellte noch gezielte Fragen in Bezug auf Bleibtreus Familie, Bekanntenkreis und so weiter, ohne jedoch irgendwelche Hinweise zu bekommen. Es war nicht zu überhören, der Eigentümer des Auktionshauses legte Wert darauf, dass deutlich wurde, dass die gesellschaftliche Ebene seines ehemaligen Geschäftsführers nicht die seine war. Und zu dem Kunsthändler Mansfeld konnte er auch nicht viel sagen, seine Geschäfte mit dem Auktionshaus liefen ausschließlich über Bleibtreu. Und privat pflegte er mit Mansfeld natürlich keinen Kontakt.

Vornehm geht die Welt zugrunde, fuhr es Blumberg durch den Kopf. Sie sprachen noch über allgemeine Dinge, bis abschließend die Hauptkommissarin Merzbach fragte, wo er sich zu den Zeitpunkten, an denen die Morde geschehen waren, aufgehalten hatte. Das war sichtlich zu viel für ihn. Sein Gesicht lief puterrot an. Wortlos griff er nach dem Telefonhörer und bat seine Sekretärin die Termine, die er an den fraglichen Zeitpunkten wahrgenommen hatte, der Hauptkommissarin mitzuteilen.

»Und nun entschuldigen Sie mich«, presste Merzbach heraus und verließ, ohne ihnen die Hand zu geben, würdevoll den Raum.

Beleidigte Leberwurst, griente Blumberg, wie konnte man auch eine solche Eminenz nach seinen Alibis fragen.

Frau Kämmerlein, eine steife graue Maus, konnte wie nicht anders zu erwarten war, gesellschaftliche Termine vorweisen. Die galt es zu überprüfen, doch Blumberg war sich sicher, die waren wasserdicht.

10

Nümbrecht, Wiehl

Noch reißerischer ging es ja wohl nicht, was die Redakteure vom Bergischen Tagesblatt auf die Titelseite produziert hatten: »Brutale Hinrichtungen im Bergischen. Sind wir in unserem Land noch sicher?«, sprang es fett gedruckt Blumberg entgegen. Im darunter stehenden Kolumnentext wurde dreispaltig haarklein über die Morde an Mansfeld und Bleibtreu berichtet.

»So eine Sauerei, das gibt es doch nicht«, brummelte Blumberg entrüstet und starrte auf den Artikel. Woher hatte die Zeitung die Informationen, diese waren doch nur dem engsten Ermittlerkreis bekannt. Dies konnte nur bedeuten, dass mal wieder einer den Mund nicht gehalten hatte und er konnte sich vorstellen, was in der Dienststelle der Hauptkommissarin jetzt los war.

»Gut, dass ich in dieser Tretmühle nicht mehr mitmischen muss, da drehe ich mit dir doch lieber eine Runde ums Lindchen«, meinte Blumberg zu Max, der zu seinen Füßen vor sich hindöste.

Max, im Kombinieren der Sherlock Holmes unter den Hunden, platzierte blitzschnell die Aussage Runde ums Lindchen in die richtige Gehirnhälfte, sprang jaulend an Blumberg hoch und schielte auffordernd in Richtung Haustür.

»Noch nicht Max, erst muss ich Elsa am Bahnhof abholen«, blockte sein Chef ab.

Elsa abholen, das hätte er besser nicht gesagt.

Max spurtete wie durchgedreht auf die Haustür los, schoss zurück zu Blumberg, jaulte in den höchsten Tönen und setzte sich dann demonstrativ hochaufgerichtet auf die Matte vor die Tür. Nach dem Motto, hier kommst du nur durch, wenn du mich mitnimmst.

Es ging nicht anders, Blumberg musste lauthals lachen. Dieser Rüde war wirklich eine Seele von Hund. Aber er konnte auch anders. Während der letzten Dienstjahre in Köln hatte Blumberg Max öfter mitgenommen und in gefährlichen Situationen hatte der Hund ihn nicht nur einmal vor körperlicher Eskalation bewahrt. Der Rüde strotzte vor Kraft, manch ein Aggressiver der menschlichen Spezies hatte vor ihm den Schwanz eingezogen.

Bevor er zum Bahnhof fuhr, wollte Blumberg noch schnell staubsaugen, den Kommentar seiner Frau, dass man ja mal wieder sehen könnte, dass sie vierzehn Tage nicht da gewesen ist, wollte er sich ersparen. Anschließend räumte er noch die Ladefläche vom Land Rover aus. Kam Elsa von einem Malseminar, war ausreichend Platz für ihre sperrigen Utensilien angesagt.

Sie hatte es sich gemütlich gemacht. Nach Tagen hektischer Arbeit, nach einem hin und her zwischen ihrer Gummersbacher Dienststelle und dem Kölner Polizeipräsidium hatte Kareen Wagenknecht die Nase gestrichen voll. Sie freute sich auf den Abend. Und sie wollte ihn genießen. Alleine, mit Lachsbrötchen, einem trockenen Riesling und dem neuen Buch, das sie auf der Heimfahrt in der Buchhandlung abgeholt hatte.

Hendrik, ihr Lebensgefährte, war mit seiner Klasse auf Jahresfahrt und sonst erwartete sie auch niemand.

Durch das Panoramafenster des Wohnzimmers blickte sie entspannt auf die Wiehler Kirche. Ein wundervoller Blick. Bei Dunkelheit, wenn diese angestrahlt wurde, kam bei ihr immer ein Gefühl wie an Advent auf. Eine heimelige Atmosphäre, sie liebte ihr Zuhause. Gerade betrachtete sie den Titel des Buches *Bilder der Verdammten,* als die Haustürglocke schrillte.

Nein, bitte nicht.

Sie verhielt sich ganz ruhig. Nach dem vierten ellenlangen Klingeln gab sie es auf und öffnete die Wohnungstür.

Es war Lena.

»Ich wusste doch, dass du da bist, ich habe deinen Wagen in der Tiefgarage gesehen. Entschuldige, dass ich so ausgiebig geklingelt habe, ich dachte, du wärst im Bad oder so.« Warmherzig umarmte Lena sie, um sogleich zu fragen, ob sie störe.

»Quatsch, du störst nie, das weißt du doch.« Lena Wolf gehörte zu den Menschen, die Wagenknecht besonders nahestanden. Sie hatten sich während ihres Jurastudiums in Köln an der Uni kennengelernt und manch Übles zusammen durchgestanden. Und Not schweißt bekanntlich zusammen, das war auch bei ihnen so. Sie gingen ins Wohnzimmer. Als Lena sah, was ihre Freundin an dem Abend vorhatte, wollte sie sofort wieder gehen.

»Kommt nicht infrage, du bleibst hier, wir essen zusammen und quatschen etwas«, bestimmte Wagenknecht.

Sie ließ Lena keine Wahl, nahm ihr die Tasche und ihren über die Schulter gelegten Pullover ab, legte die Sachen in die Garderobe und holte einen weiteren Teller und ein Weinglas aus der Küche.

»Kareen«, Lena sah sie besorgt an, »du siehst ziemlich fertig aus, hast du mal wieder eine beschissene Zeit?«

Wagenknecht reichte Lena den Brötchenkorb und Lachsteller und zuckte mit den Schultern.

»Ach, weißt du, beschissene Zeit kann ich nicht sagen, aber doch ziemlich stressig. Es ist abends immer sehr spät geworden. Und dann der Druck von oben, das nervt einfach.«

»Hängt das mit den beiden ermordeten Kunsthändlern zusammen? Es stand ja riesengroß in der Zeitung.«

»Genau, und wenn ich dem Blödmann in meiner Dienststelle beweisen könnte, dass er der Presse die Informationen gegeben hat, könntest du morgen lesen, dass eine hiesige Hauptkommissarin einem Mitarbeiter gegenüber tätlich wurde.«

»Scheiße, ein neuer Kollege?«

»Mein Kriminalassistent, ein junger arroganter Typ. Sein Vater ist in Düsseldorf im Innenministerium und deshalb meint er, er könnte den Macher rauskehren.«

»Aber der ist doch nicht so doof und gibt

Informationen an die Presse weiter, das kommt doch raus.«

»Doch, der war das garantiert.« Wagenknecht nahm einen großen Schluck Wein.

»Ich habe ihn kürzlich im Gummersbacher Brauhaus zusammen mit der jungen Redakteurin vom Bergischen Tagesblatt gesehen. Und frag nicht, wie die beiden da aneinander hingen. Ihre Bluse stand so weit offen, da hättest du ein Blumenbeet einpflanzen können. Die kriegt alles aus dem Wolfsbach raus.« Wagenknecht fühlte wieder Wut in sich hochsteigen.

»Was glaubst du, wie ich wegen dieser Panne von Köln einen drüber bekommen habe. Der ermordete Kunsthändler Mansfeld war ein sehr guter Bekannter des Polizeipräsidenten. Sie waren Mitglieder im selben Golfclub. Den Rest kannst du dir ja denken.

Aber Lena«, Wagenknecht gefielen die dunklen Ringe unter den Augen ihrer Freundin überhaupt nicht, »du hast momentan auch nicht gerade deine beste Zeit.

Was ist los?«

Lena senkte den Kopf, Tränen liefen ihr über das Gesicht. Es dauerte eine Weile, bis sie sich gefangen hatte. »Nein, es läuft überhaupt nicht gut, Richard hat eine andere.« Völlig perplex blickte Wagenknecht ihre Freundin an.

»Lena, das glaube ich jetzt nicht.«

Sie setzte sich zu ihr auf die Couch, nahm sie in die Arme und drückte sie fest an sich.

»Lena, nie und nimmer würde Richard das machen, nicht bei so einer tollen Frau wie du das bist.«

Und das war ihre Freundin.

Mittelgroß, ausdrucksvolles Gesicht, lange schwarze Haare, tolle Figur. Sie konnte an jedem Finger zehn Männer haben. Neben ihr kam sie sich selbst manchmal wie eine Landpomeranze vor.

»Doch, ich habe die beiden vor zwei Tagen im Nümbrechter Kurpark gesehen. Er hatte seinen Arm um sie gelegt, sie gingen ganz vertraut zum Berliner Platz.«

»Wer ist es?«

»Tanja Leinendecker, sie arbeitet in der gleichen Firma wie Richard.«

»Hast du mit Richard gesprochen?«

»Nein, ich wollte mich erst einmal beruhigen und dann mit ihm reden. Doch es wird nur noch schlimmer.« Wieder liefen ihr die Tränen runter.

Wagenknecht schenkte nochmals Wein nach.

»Lena, ich kann es mir einfach nicht vorstellen, nicht Richard.«

Sie dachte an die vielen gemeinsamen schönen Stunden, die sie mit Hendrik und dem befreundeten Paar verbracht hatten. Stunden, in denen auch schon mal viel getrunken wurde und die Ausgelassenheit entsprechend war. Da war aber auch nicht ein Hauch von Interesse seitens Richards an anderen Frauen zu spüren gewesen.

Das hätte sie bemerkt.

Es musste eine Erklärung geben.

»Du musst mit Richard reden, heute noch.«

»Er ist nicht da, er ist auf Fortbildung wegen so einer neuen Gesetzgebung, er kommt morgen erst wieder.«

»Auch gut, dann beruhigst du dich bis dahin und wenn er kommt, gehst du mit ihm essen. Neutral, in einem Restaurant. Aber Lena«, Wagenknecht sah sie beschwörend an.

»Du lässt dir nichts anmerken. Du sagst ihm nur, dass du ihn mit dieser Leinendecker gesehen hast, falle also nicht direkt mit der Tür ins Haus. Wegen der Umarmung oder so. Dann hörst du, was er dazu sagt. Ich wette, es gibt eine simple Erklärung. So, und nun weg mit dem Thema Männer, jetzt machen wir uns einen schönen Abend. Brot und Wein habe ich ausreichend auf Vorrat. Und die Nacht schläfst du bei mir.«

11

Kommissariat Gummersbach

Kutschieren wie anno dazumal, ein Erlebnis, das zu eines der Attraktionen im Bergischen gehörte.

Kutschieren wie anno dazumal hieß für die Autofahrer, die hinter dem Planwagen her zockeln mussten, Gelassenheit üben. Es gab selten Gelegenheit auf der kurvigen und viel befahrenen Straße zwischen Nümbrecht und Wiehl das Gefährt zu überholen.

Blumberg war gelassen, er hatte Zeit.

Die Hauptkommissarin hatte ihn gebeten an der für elf Uhr angesetzten Krisensitzung im Kommissariat teilzunehmen. Er würde pünktlich sein.

Im langsamen Vorbeifahren sah er Schloss Homburg durch die Bäume schimmern, dachte an das letzte Open Air Konzert, das im Schlossgarten ein Highlight gewesen war. Sah Max vor sich, der wie wild auf der weiten Fläche zwischen Schlossberg und Hexenweiher einem geworfenen Stöckchen hinterher jagte. Dachte an seine täglichen Runden oben auf dem Lindchen.

Eine liebliche Welt, geschaffen für Menschen mit Herz und Liebe zur Kultur und Natur. Für Menschen, die endlich einmal Zeit hatten, die Welt in ihrer schönsten Form zu genießen.

Seine Schwärmereien fanden in dem Moment ein

Ende, als sich endlich die Möglichkeit bot, den Planwagen zu überholen. Er trat ordentlich aufs Gas und blickte auf die Uhr. Er war gut in der Zeit. Zwanzig Minuten später betrat er den Besprechungsraum. Im Verhältnis zu seinen Kölner Meetings war dies hier eine kleine Runde. Nun ja, man war hier in der Provinz.

Wagenknecht stellte ihn den Teilnehmern vor. Anschließend informierte sie Blumberg über die Funktionen der einzelnen Anwesenden.

Bekannt war ihm nur Wolfsbach, der Schniegel, und wenn er es richtig sah, war der nicht gerade begeistert über sein Erscheinen.

»Damit ihr versteht, warum Herr Blumberg hier ist«, unmissverständlich sah Wagenknecht ihre Kollegen an. »Kriminalrat Schneider und ich haben ihn um Hilfe gebeten. Wir stehen unter enormen Druck. Köln hat heute das Angebot gemacht uns für die Mordfälle erfahrene Kollegen zur Verfügung zu stellen.

Erfahrene Kollegen!«

Sie blickte in die Runde.

»Im Klartext heißt das, die sehen uns immer noch als Streifengänger.

Wollt ihr das?«

In den Mienen ihrer Mitarbeiter sah sie die Entschlossenheit, die Mordfälle selbst lösen zu wollen. Schließlich ging es um ihr Image, auch in privater Hinsicht, in ihren Familien und so.

Martin Schlösser, Oberkommissar und ihr Stellvertreter, brachte es auf den Punkt.

»Herr Blumberg, Ihr erfolgreiches Wirken in Köln, Ihre legendäre hohe Aufklärungsquote, sind uns bestens bekannt.« Freundlich blickte er den ehemaligen Chef der Kölner Mordkommission an.

»Auf Ihre Erfahrung zurückgreifen zu können, wird uns eine große Hilfe sein. Danke, dass Sie gekommen sind.«

Blumberg bemerkte, wie sich die angespannte Miene der Hauptkommissarin lockerte, bemerkte aber auch das missmutige Mienenspiel von Wolfsbach.

Froh, dass sich die Etablierung von Blumberg so problemlos gestaltet hatte, übernahm Wagenknecht die weitere Moderation der Runde.

»Okay, dann wäre das ja klar. Wir tragen jetzt alle Fakten zusammen und werden dann bestimmen, wie es weiter geht. Martin, du machst den Anfang.«

»Okay.«

Schlösser ging zum Flipchart und blickte konzentriert in die Runde.

»Chronologisch fängt alles mit dem Auffinden des ermordeten Kunsthändlers Roman Mansfeld an.« Er schrieb auf dem Blatt oben mittig Mansfeld und kreiste den Namen ein. »Herr Blumberg, Sie haben den Ermordeten gefunden, wenn Sie uns kurz Ihre Eindrücke schildern würden?«

Detailgenau gab Blumberg wider, wie er den Toten aufgefunden hatte. Sachlich, nur die Fakten, ohne subjektive Vermutungen.

»Also können wir davon ausgehen, dass der Mord von mehreren Tätern begangen wurde«, meinte Schlösser.

»Kareen ist das so korrekt?«

»Ja, sehe ich auch so.«

»Frage, ist organisiertes Verbrechen im Spiel?«
Schlösser sah eine Kollegin auffordernd an.

»Heike, du bist gefragt.«

Heike Bachem, Oberkommissarin und schlichtweg die Analystin des Kommissariats, erfasste alle Daten eines Falles. Sie war darüber hinaus für ihre spektakulären Recherchen in den weltweiten Netzwerken bekannt. Bachem klappte den Deckel ihres Laptops hoch und nickte zustimmend.

»Laut Gerichtsmedizin stellen sich die Fakten der Tötungsfolge im folgenden Ablauf dar: Verbrennungen auf der Brust durch Zigaretten, Abreißen von Fingernägeln an beiden Händen, tödlicher Schuss in die Stirn. Foltermethoden und Hinrichtungsart sind in südeuropäischen Mafiakreisen Tradition, werden aber auch zunehmend von osteuropäischen Banden praktiziert.«

»War doch von Anfang an klar, dass es sich um Mafiaarbeit handelt.« Wolfsbach blickte Zuspruch heischend in die Runde. Er hätte ebenso gut in einen leeren Raum sprechen können.

Schlösser dankte Heike Bachem, zeichnete auf dem Papier einen Pfeil von dem Feld Mansfeld zu einem neuen Kreis und schrieb darin organisiertes Verbrechen.

»Martin, setze bitte hinter organisiertes Verbrechen ein Fragezeichen. Noch ist nichts bewiesen«, bat Wagenknecht.

»Ziemlich sicher bin ich«, fuhr sie fort, »dass

krimineller Kunsthandel im Spiel ist.« Sie schilderte den Besuch bei dem Auktionator Merzbach in Köln, bei dem Blumberg sie begleitet hatte. Am Ende nahm sie das Buch, das vor ihr lag und hielt es hoch.

»Dieses Buch, *Bilder der Verdammten*, habe ich mir anschließend gekauft. Ich wollte mehr über die Hintergründe und Machenschaften der Raubkunst wissen. Liebe Leute, in dieser Branche ist unheimlich viel Geld im Spiel.«

Vielsagend blickte sie Blumberg an.

»Herr Blumberg, wie sagten Sie zu dem Merzbach: Alles ist blütenweiß?«

Blumberg grinste zurückhaltend, »ich glaube, das hat ihm nicht gefallen.«

Wagenknecht forderte Kommissar Henny Strassfeld auf, die Fakten über den Mord an Wolfram Bleibtreu, Geschäftsführer des Auktionshauses darzustellen.

Henny Strassfeld, Blumberg schätzte ihn auf etwa dreißig, war ein großer sportlicher Typ. Blonde, kurz geschnittene Haare, Boxernase, eckiges Kinn, breite Schultern, ein Mann voller Dynamik. Ein Mann, mit dem man sich nicht so schnell anlegt.

Ruhig und sachlich berichtete Strassfeld über den Einsatz in dem Bielsteiner Bordell, über die Tatumstände, dass sie keine Spuren gefunden hatten. Keiner vom Personal des Hauses hatte etwas Ungewöhnliches bemerkt.

Oberkommissar Schlösser zeichnete einen weiteren Kreis aufs Papier und schrieb den Namen Bleibtreu hinein.

Wagenknecht zeigte auf das Flipchart.

»Martin, schreibe noch Paul Stern als Verdächtigen hinzu und ziehe einen Pfeil zu Bleibtreu.

Bezüglich Paul Stern: Wolfsbach, Sie rufen ihn nach der Besprechung an und vereinbaren einen sofortigen Termin. Seine Handynummer finden Sie im Protokoll. In Köln gehen Sie mit ihm die Kneipen durch, in denen er in der Nacht, als Bleibtreu erschossen wurde, gewesen ist. Ich hoffe, er kann sich wieder erinnern und es wäre gut, wenn ein Wirt oder sonst einer vom Personal bezeugen könnte ihn gesehen zu haben. Und Wolfsbach«, sie sah ihn streng an. »Sie gehen mit Stern vernünftig um. Er ist US-Bürger, wenn Stern seine Botschaft einschaltet, sind hier die Puppen am Tanzen. Machen Sie also keinen Ärger.«

Wagenknechts Augenbrauen zogen sich steil in die Höhe.

»Was ich euch noch mitteilen muss«, bewusst sah sie keinen in der Runde direkt an, »die Geschichte mit dem Pressebericht ist noch nicht vom Tisch. Von oben, von ganz oben, wird erwartet, dass herausgefunden wird, wie das Bergische Tagesblatt an die Informationen über die beiden Morde gekommen ist.«

Blumberg, der unauffällig zu Wolfsbach linste, bemerkte, wie der blass wurde.

»Und«, fuhr Wagenknecht fort, »man hat mir zu verstehen gegeben, das notfalls Köln sich einschaltet. Wie ihr wisst, gehört die Zeitung zur Kölner Verlagsgruppe und der Herausgeber ist ein guter Bekannter von Kriminalrat Schneider. Ihr könnt euch denken, dass die Gummersbacher Redaktion dem

Herausgeber gegenüber nicht schweigen wird.«

Blumberg bemerkte, dass die Gesichtsfarbe von Wolfsbach sich ins weißliche wandelte. Früher hätte man gesagt kalkweiß. Nun, auf den würde noch einiges zukommen.

»So, jetzt aber hier weiter. Heike, erläutere uns bitte weitere Fakten«, forderte Wagenknecht die Oberkommissarin auf.

Bachem berichtete, dass es sich in beiden Mordfällen um die gleiche Mordwaffe, eine Walther P5 handelte. In beiden Fällen wurde ein Schalldämpfer benutzt, die Waffe wurde nicht gefunden. Auch gab es keine Fingerabdrücke oder verwertbare Spuren. Keiner hatte was gesehen, gehört, bemerkt.

Nichts.

Mit gerunzelter Stirn blickte sie ihre Kollegen an.

»Hier waren Profis am Werk. Killer. Die Durchsuchung der Räumlichkeiten von Mansfeld in Köln, in der Ehrenstraße hatte er ein ganzes Haus gemietet, in dem sich unten die Galerie befindet und darüber seine Wohnung, hat ebenfalls nichts ergeben. Die Geschäftsunterlagen werden noch geprüft, der augenscheinlichen Sachlage nach war er vermögend. Nähere Angehörige hatte er keine, zumindest nicht bekannt.

Nun zu Bleibtreu.

In seiner Wohnung in Köln-Lindenthal fanden sich rein private Dinge. Kein Hinweis, der uns weiter bringen könnte. Bei ihm gibt es noch eine Ehefrau, die bereits drei Jahre von ihm getrennt im Erftkreis lebt. Bergheimer Kollegen haben sie konsultiert. Sie berichteten, dass die Frau den Tod ihres Mannes gelassen aufgenommen hat. Kann man ja verstehen. Viel zu holen ist nicht, Bleibtreu hat ein lockeres Leben geführt und Immobilien gibt es auch keine. Für die Tatzeit«, Bachem scrollte die nächste Seite hoch, »hat Frau Bleibtreu ein Alibi. Ebenso ihr Lebensgefährte Heinrich Kohlmann. Dieser ist Feinkosthändler und nicht aktenkundig.

Tja«, sie zuckte die Schulter, »mager, äußerst mager das ganze. Nichts, was uns wirklich weiterbringt.«

»Nun, ganz so ist es nicht.«

Wagenknecht wies Schlösser an, den Namen Otto Stern aufzuschreiben.

»Dieser Otto Stern ist eine noch unbekannte Größe, seine Verhältnisse scheinen nicht die eines normalen Bürgers zu sein. Aber bisher hatten wir keinen Grund, ihn zu vernehmen. Nun aber, wo sein Bruder in Verdacht steht, können wir an ihn ran.

Wir sollten es so machen: Martin und du Heike nehmt euch die Galerie von Mansfeld nochmals vor. Stellt alles auf den Kopf. Seht euch die Bilder an, die noch in der Galerie sind. Von jedem Bild will ich wissen, woher es kommt. Ich brauche eine Liste von allen Bildern, die Mansfeld verkauft hat. Mit Herkunftsangabe und Käufername, lückenlos. Anschließend fahrt ihr zu Merzbach und Söhne und lasst euch eine Liste der Bilder geben, die Mansfeld mit Bleibtreu oder mit anderen Mitarbeitern des Auktionshauses, gehandelt hat. Hier können wir möglicherweise Ansatzpunkte finden. Sollte das Auktionshaus sich weigern, droht ihr mit einer richterlichen Verfügung. So, dann haben wir ja alle genug zu tun.« Kareen Wagenknecht warf ihrem Kriminalassistenten noch einen ernsten Blick zu.

»Und Wolfsbach, denken Sie daran, mit Paul Stern gehen Sie respektvoll um.«

12

Erkenntnisse

»Carl, das Essen ist fertig.« Elsas markanter Stimme war anzuhören, dass er sie nicht warten lassen durfte. Blumberg ging in die Küche und fragte, ob sie ein alkoholfreies Kölsch zum Essen möchte, er selbst mischte sich dieses gerne mit Malzbier.

Ein Schuss, wie die Kölner sagten.

Das Essen, Pellkartoffeln mit Quarksoße, nach Elsas Beurteilung äußerst gesund, hätte er allerdings gerne mit einem ordentlichen Rahmschnitzel getauscht. Im Hinblick gesunder Ernährung gab er ihr natürlich recht.

»Carl«, sie blickte ihn verschwörerisch an, »stell dir vor, die Hilde Dickes, das ist die, die in Reichenhall immer so groß aufgetragen hat, die hatte bei der Seminarabschlussfeier ganz schön einen sitzen gehabt. Im Suff hat sie erzählt, dass sie ja früher als Frisöse gearbeitet hat und ihr Mann Hilfsgärtner bei der Gemeinde war. Also, da war nichts mit dickem Geld. Erst als ihr Schwiegervater gestorben ist, änderte sich das. Ihr Mann erbte Antiquitäten, Bilder und andere Dinge, einen ganzen Schuppen voll, das musst du dir mal vorstellen. Die Kunstwerke müssen noch aus der Zeit stammen, als die Nazis das Sagen hatten. Na ja, ihr Mann hat die ganze Sammlung verhökert und seit dem tut denen nichts mehr weh.

Aber Carl, sag mal«, sie sah ihn abschätzend an.

»Was bist du wieder am Ausbrüten?

Ich sehe doch, dass du wieder mit etwas beschäftigt bist, und mit Max bist du auch mehr als sonst unterwegs. Also was ist los?«

Das war Elsa. Na ja, sie waren fast vierzig Jahre verheiratet, da konnte man dem anderen nichts mehr vormachen. Und da in nächster Zeit noch mehr Unternehmungen angesagt waren, musste er sie über die Ereignisse aufklären.

Er schilderte, wie er mit Max den Toten auf der neuen Aussichtsplattform an der Wiehltalsperre gefunden hatte und dass er nun als Zeuge fungierte. Erklärte, dass die Gummersbacher Kripo ihn um Hilfe gebeten habe. Bleibtreu, der im Puff erschossen wurde, verschwieg er erst einmal.

Elsa blieb lange stumm. Er bemerkte, wie sie mit sich kämpfte.

»Wenn du meinst, dass das sein muss«, meinte sie schließlich, »denk aber an deine Gesundheit. Du bist nicht mehr der jüngste und wenn es gefährlich wird, hältst du dich raus, vermassel dir nicht deinen Ruhestand.«

»Würde ich sowieso nicht machen, dafür sind die jüngeren Leute da«, beruhigte sie Blumberg.

»Und Max nehme ich auch immer mit.«

Damit war das Thema erledigt. Seine Chefin hatte die Genehmigung erteilt. Er blinzelte Max zu, der sich wie immer zwischen Elsa und ihm hingepflanzt hatte, seine Antennen auf Aufnahme gestellt, um nun ja alles mitzukriegen. In seinen Augen las Blumberg ebenfalls absolute Zustimmung.

»Kareen, du hattest recht.«

Lena hörte sich geradezu beschwingt an. Selbst durchs Handy konnte Wagenknecht das Hochgefühl in der Stimme ihrer Freundin heraushören. Sie hatte sicherlich einen schönen Abend gehabt.

»Das mit Richard war wirklich blöd von mir. Die Tanja Leinendecker, die ich mit ihm gesehen habe, du weißt noch?«

»Ja klar, als wenn ich das vergessen hätte.«

»Also, die Ärmste hat große gesundheitliche Probleme. Bei einer Mammografie fand man in ihrer Brust einen Knoten, der sich als bösartig herausgestellt hat. Sie hat das Richard erzählt, sonst hat sie ja niemanden. Ihr Freund hat sie kürzlich sitzen lassen und na ja, du kennst ja Richard, er wollte sie halt etwas trösten. Mein Gott, gut, dass ich auf deinen Rat gehört habe und ihm nicht direkt alles Mögliche an den Kopf geworfen habe. Das wäre echt mies gewesen.«

»Dann ist ja alles gut.«

Wagenknecht atmete erleichtert auf.

»Richard und fremdgehen, das hätte ich mir auch nicht denken können, gut das dieses Thema vom Tisch ist. Aber Lena, was anderes. An dem Abend bei mir sprachen wir doch über Hendrik, was die Lehrer für Probleme in den Schulen haben. Und du sagtest, deine Nachbarin, die Lehrerin an der Grundschule ist, käme auch schon mal frustriert nach Hause.«

»Stimmt, die ist manchmal ganz schön fertig.«

»Hatte ich das richtig verstanden, dass sie Stern oder so ähnlich heißt?«

»Genau, Carola Stern. Eine wirklich nette Person. Ihr Sohn Timo ist so etwas von gut erzogen, das macht direkt Spaß, sich mit ihm zu unterhalten. Aber«, Lenas Stimme klang schärfer, »der geschiedene Mann von Carola muss dagegen ein großes Arschloch sein. Aber wie kommst du jetzt auf sie?«

»Ach, wir haben da gerade was Aktuelles, wo der Name Stern auftaucht. Weißt du, wie der Vater von Timo mit Vornamen heißt?«

Die Stimme von Lena wurde undeutlich, anscheinend war sie mit dem Auto unterwegs. Wagenknecht verstand noch »Otto«, bevor ein Funkloch die Verbindung unterbrach.

13

Messe Düsseldorf

Eine Frauenstimme mit osteuropäischem Akzent meldete sich auf dem Anrufbeantworter: »Die Geschäftsräume sind bis kommende Woche geschlossen. Unsere Firma präsentiert sich zurzeit auf der Interexpo in Düsseldorf. Wenn Sie eine Nachricht hinterlassen wollen, sprechen Sie bitte nach dem Signalton. Oder besuchen Sie uns in Düsseldorf auf unserem Messestand, Halle 8, Stand 4C25. Über Ihren Besuch würden wir uns sehr freuen.«

Und dann kam der Signalton.

»Verdammt.« Wagenknecht wurde sauer. Offiziell in die Dienststelle bestellen konnte sie Otto Stern nicht, dafür gab es keinen ausreichenden Anlass. Bis nächste Woche warten wollte sie aber auch nicht. Es gab nur eines, sie musste nach Düsseldorf zur Messe.

Aber nicht alleine.

Sie blickte in die anderen Büros, alle Kollegen waren ausgeflogen. Alina hielt die Stellung. Der Stapel vor dem Kopierer ließ vermuten, dass sie noch einiges zu tun hatte. Das konnte dauern. Sie ging zu ihr, informierte sie, dass sie nach Düsseldorf fahren würde und dass Wichtiges sofort an sie weitergeleitet werden sollte. Ihr Handy bliebe an.

»Und Alina«, sie blickte die zierliche, türkische

Kollegin beschwörend an, »du sagst niemanden, wo ich bin. Ich muss mir erst selbst ein Bild machen.«

»Okay.«

Wagenknecht wusste, auf Alina konnte sie sich verlassen. Sie hatte sie kennengelernt, als diese von zu Hause weg musste. Alina hatte sich in einen Studenten verliebt und erwartete ein Kind von ihm. Unehelich, für ihre Familie eine unerträgliche Schande. Sie wurde verstoßen. Als Wagenknecht sie am Gummersbacher Busbahnhof aufgelesen hatte, war Alina völlig fertig. Ihr Freund wollte von dem Kind nichts wissen, doch sie wollte das Kind behalten. Keine Abtreibung. Olaf konnte ihr gestohlen bleiben.

Wagenknecht hatte sie kurz entschlossen mit zu sich nach Hause genommen und so lange dort behalten, bis die Behörden ihr einen Platz im Haus der Familienhilfe in Tiefenthal zuwiesen. Dort bekam Alina ihren Kai. Liebevoll hatte sie ihn an den Namen von Kareen assoziiert. Sie absolvierte dann während der Mutterschaftszeit einen IHK Lehrgang als Bürogehilfin. Dank ihres Onkels Willi, der im Stadtrat saß, erreichte Wagenknecht, dass die junge Mutter anschließend in ihrer Dienststelle einen Job bekam.

»Ich denke, ich werde so gegen Spätnachmittag wieder zurück sein. Wenn Heike kommt, sage ihr bitte, dass sie die neuen Fakten zusammentragen und ausgedruckt auf meinen Schreibtisch legen soll. Notfalls lese ich sie heute Abend zuhause. Also bis nachher.«

Immer das gleiche Chaos auf der A4 in Richtung Köln.

Schon ab Untereschbach ging es nur noch zähflüssig vorwärts und die WDR-Verkehrsmeldung war auch nicht gerade ermutigend. Sechs Kilometer stockender Verkehr mit Stau auf der A3 ab Leverkusener Kreuz in Richtung Düsseldorf.

Na super.

»Wir fahren besser anders.«

Blumberg zeigte auf das Display des Navi.

»Geben Sie die Strecke Neusser Autobahn nach Düsseldorf ein. Es wird sich zwar auf der Inneren Kanalstraße in Köln ebenfalls etwas stauen, dafür haben wir aber danach freie Fahrt.«

»Na, hoffen wir es. Es regt mich nichts mehr auf, als stundenlang nicht voranzukommen«, kommentierte Wagenknecht. Sie gab im Navi die neuen Koordinaten ein und entspannte sich. Sie hatte Blumberg gebeten mitzukommen, weil er die Sekretärin von Stern, oder was auch immer sie sein mochte, kannte. Zudem hatte er die beiden Männer gesehen, die von der Frau unter merkwürdigen Umständen in die Villa eingelassen wurden.

Nun war sie gespannt, was sie in Düsseldorf vorfinden würden. Ohne weiteren Stau fuhren sie auf der Neusser Autobahn an der Peripherie des Kölner Westens vorbei. Großflächige Ansiedlungen, dazwischen brachliegende Wiesen. Blumberg erzählte, dass hier früher viele Felder, bestellt mit Getreide, Zuckerrüben oder mit Kartoffeln standen. Das war das Brot der Bauern gewesen. Doch dann kam in den siebziger Jahren der rasante Bauboom, die Felder wurden Bauland, die Bauern reich, Getreide,

Kartoffeln, Zuckerrüben, gab es nicht mehr.

Wehmütig, solche Gedanken.

Manchmal.

Bei der Autobahnausfahrt Neuss-Hafen fuhren sie auf den Zubringer zur Düsseldorfer Rheinuferstraße. Hoffentlich kein Stau in dem ellenlangen Altstadttunnel, betete Blumberg. Er hatte es einmal erlebt, dass er über eine Stunde in dieser Röhre gesteckt hatte. In der extrem stickigen Luft wäre ihm fast schlecht geworden.

Heute hatten sie freie Fahrt. Zehn Minuten später waren sie am Messegelände. Am Süd Tor hieß es dann warten. Der Kontrolleur ließ sie nicht hinein.

»Kann ja jeder kommen und mir einen Ausweis zeigen«, meinte er. »Was glauben Sie, was heute mit dem Computer Gedöns alles gefälscht wird. Und sie kommen aus Gummersbach, wo liegt das eigentlich?«

Genervt gab Wagenknecht es auf. Sie kannte einen Kollegen bei der Düsseldorfer Kripo, mit dem hatte sie vor Monaten in der Altstadt einen Dealer festgenommen, den rief sie an. Die Sache war dann schnell geklärt. Die Halle 8 fanden sie auf Anhieb und parkten direkt vor dem Eingang.

»So, jetzt wird es spannend«, äußerte sich Blumberg.

In dem Gewirr der vielen Messeständen, Gangbezeichnungen und Hinweisschildern fanden sie schließlich den Messestand 4C25. Platziert am äußeren Hallengang lag er direkt unterhalb des Messe-Restaurants.

»Das ist ja passend«, Blumberg strahlte. »Wir gehen jetzt erst einmal Kaffee trinken.«

Wagenknecht blickte ihn verständnislos an.

Er zeigte auf die wandbreite Panoramascheibe des Restaurants. »Wenn wir da oben sitzen, können wir das Geschehen auf dem Messestand genau beobachten.«

Jetzt verstand sie.

»Genial, dann mal los.«

Der Kaffee war dünn, der Blick auf den Messestand grandios. Nicht nur, dass sie den gesamten Ausstellungsbereich beobachten konnten, sie hatten außerdem Einblick in die beiden geschlossenen Kabinen des Messestandes. Dankenswerterweise hatte der Messebauer keine Decke eingezogen.

»Die da unten dürften sich kaum bewusst sein, dass sie permanent beobachtet werden«, bemerkte Blumberg.

Die Küchenkabine des Messestandes gab nichts Besonderes her. Er machte Wagenknecht darauf aufmerksam, dass die Frau in der Küche, die gerade eine Sektflasche öffnete, die engelhaft Schöne aus dem Hause Stern war.

»Wir müssen unbedingt wissen, was die mit den beiden Männern in der Villa zu tun hatte«, sinnierte Wagenknecht. »So wie Sie das geschildert haben, war das ja ein merkwürdiges Verhalten.«

»Das war es in der Tat.«

Blumberg ärgerte es, dass er in dieser Geschichte nicht weitergekommen war.

Vielleicht heute.

Interessant war unten auf dem Messestand die Besucherkabine. An einem runden Tisch saß ein dunkel gekleideter Mann, ganz der Business Typ, und ihm gegenüber eine Frau mit schweren Klunkern an Hals und Armen. Schwarzes Kostüm, großer filigran wirkender Hut. Sah alles sehr teuer aus, anscheinend eine Kundin.

Nicht mehr weit vom Verfallsdatum entfernt kokettierte sie mit ihrer Figur als wäre sie noch Frischfleisch. Ihr Gegenüber, Blumberg hatte ihn in der Villa gesehen, also Otto Stern persönlich, hielt ihre Hand und himmelte sie an.

»Nun sehen Sie sich das an«, Blumberg starrte fassungslos nach unten. »Eine Szene wie aus einem Groschenroman.«

»Hier geht es um Geld, um ein lukratives Geschäft, das ist doch klar«, meinte Wagenknecht. »Da ist bei Typen wie dem da unten alles möglich. Wir müssen wissen, wer die Frau ist, möglicherweise bringt uns das weiter.«

Sie grinste und stieß Blumberg an.

»Das ist Ihr Geschäft.«

»Um Gottes Willen, nein.«

Blumberg wurde es ganz anders. Er fühlte sich nicht in der Lage, eine Frau, noch dazu die Gattung da unten, anzumachen.

»Nein, das ist nichts für mich.«

»Es ist unsere Chance herauszufinden, welche Geschäfte dieser Scheißkerl macht.«

Sie ließ nicht locker.

»Bezüglich Scheißkerl sind wir doch einer Meinung, oder?«

»Und ob.«

»Also okay.«

Sie legte ihre Hand um seine Schulter und drückte ihn freundschaftlich an sich.

»Mit gegangen, mit gefangen.«

Hätte ich doch Max mitgenommen, dachte Blumberg. Mit der Ausrede, dass er sein Geschäft erledigen müsste, hätte ich ihn jetzt ausführen können. Dann wäre nichts mit Frau anmachen und so. Er spürte noch den sanften Druck, mit der Wagenknecht ihn an sich gedrückt hatte, ihr Parfüm lag noch in der Luft. Nun ja, so ganz unangenehm war ihm das ja nun auch nicht gewesen. Schließlich war man ja Mann.

»Nun gut, ich versuche es.«

Wagenknecht nickte zufrieden.

Sie beobachteten eine Weile das Geschehen auf dem Messestand. Die Besucher waren durchweg gekleidet, als wenn sie ihre Klamotten alle beim selben Designer von der Stange gekauft hätten.

Dunkler Anzug, Oberhemd mit Haifischkragen, gestreifte Krawatte. Eine Armbanduhr, die von der Größe her gut und gerne als Bahnhofsuhr hätte fungieren können. Geschäftsleute, viele aus dem asiatischen Raum.

Wagenknecht zeigte nach unten.

»Sehen Sie sich an, mit was Stern handelt.«

Auf der Ausstellungsfläche waren die Messe Highlights meterhohe Plastikelefanten, Butler-Figuren, Mohren, Kunststoff Dekorationen, bis hin zur obszönen Nixe für den Saunabereich. Alles Kitsch, der in den asiatischen Billigländern produziert wurde.

Blumberg schüttelte den Kopf.

»Da muss es noch was anderes geben. Oder können

Sie sich vorstellen, dass die Frau dort unten, die bei Stern sitzt, mit solch einem Zeugs handelt?«

»Nicht wirklich.«

Auch für Wagenknecht passte das nicht zusammen.

»Das Ganze hier wird das Frontschild der Firma sein«, vermutete sie, »großes Geld verdient Stern auf andere Weise.«

»Und der Messestand ist der ideale Ort um unauffällig globale, illegale Geschäfte zu machen«, ergänzte Blumberg.

Nachdenklich sah Wagenknecht auf Stern und seine Besucherin.

»Angenommen, Stern würde der Frau dort unten Bilder, also Kunstwerke, die richtig teuer sind, verkaufen wollen, wie wollte er das hier machen? Er müsste ihr doch die Bilder zeigen, ich sehe aber keine.«

»Die müssen ja auch nicht hier sein. Zur Voransicht reicht der Laptop, der auf dem Tisch steht. Ist das Interesse erst einmal geweckt, wird alles Weitere an anderer Stelle geschehen«, vermutete Blumberg. In dem Moment sahen sie, wie sich die Besucherin erhob und nach Küsschen links und Küsschen rechts schwungvoll den Messestand verließ.

»Mist, jetzt muss ich wohl.«

Blumberg erhob sich und Wagenknecht konnte sich nicht verkneifen ihm viel Vergnügen zu wünschen.

»Habe ich überhaupt keine Lust zu«, brummelte er vor sich hin, eilte die Treppe hinunter und sah gerade noch, wie die Grazie in Halle 9 verschwand.

»Bitte kein Funkloch mehr.«

Alina hatte Tränen der Verzweiflung in den Augen. Sie musste ihre Chefin erreichen, bevor die Kollegen aus Köln den Braten rochen. Hektisch drückte sie die Wiederholungstaste, keine Verbindung. Gerade wollte sie auflegen, als das Freizeichen ertönte.

Den türkischen Vorfahren sei gedankt.

Die Verbindung stand.

Sie wischte sich mit der Hand übers Gesicht und hörte gestresst in den Hörer.

»Kareen hier, Alina ich rufe dich sofort zurück.«

Wagenknecht blickte Otto Stern an und sagte ihm, dass sie ein wichtiges Gespräch hätte und ins Freigelände gehen müsste. Dort hätte sie einen besseren Empfang.

»Kein Problem, einer schönen Frau stehe ich doch jederzeit gerne zur Verfügung.« Stern sah sie schmachtend an.

Sie konnte darauf verzichten.

Vor der Messehalle war der Empfang ausgezeichnet. Alina war schon nach dem ersten Freizeichen dran.

»Gott sei Dank, dass du wieder erreichbar bist.«

Ihre Stimme klang nach Weltuntergang.

»Kareen, Wolfsbach hat angerufen, es sieht nicht gut aus.«

»Was ist los?«

»Er hat Paul Stern aufgesucht.«

»Na und?«

»Der ist verschwunden.«

Wagenknechts Stimme war nur noch ein Flüstern.

»Sag das noch mal.«

»Es ist so. Wolfsbach hatte um dreizehn Uhr mit ihm einen Termin im Hotel. Aber Paul Stern war nicht da.«

»Was ist passiert?«

»Keine Ahnung, er ist mit seinem Mietauto weg, ohne eine Nachricht zu hinterlassen. Sein Handy hat er ausgeschaltet. Wolfsbach hat daraufhin versucht dich zu erreichen, durch die Telefonumleitung landete das Gespräch bei mir. Ich habe ihm gesagt, er soll nichts unternehmen, bis du dich bei ihm meldest. Und dann dieses blöde Funkloch.«

»Alina, beruhige dich, du hast alles richtig gemacht.« Sie selbst war gar nicht so ruhig, wie sie vorgab. Wenn Paul Stern verschwunden war, war der Skandal perfekt. Verdammter Mist aber auch.

»Alina, rufe Wolfsbach an und sage ihm, dass ich mich in den nächsten Minuten melden werde. Bis dahin soll er nichts unternehmen.«

Ihre Gedanken überschlugen sich. Ich muss Blumberg erreichen, wir müssen sofort nach Köln, entschied sie. Otto Stern musste warten. Zum Glück meldete Blumberg sich beim dritten Signalton. Sie schilderte kurz die Lage und sie vereinbarten, sich am Süd Tor zu treffen.

Blumberg wartete bereits ungeduldig. Er stieg ein und sagte ihr, dass sie Gas geben soll.

»Fahren Sie über die Neusser Autobahn bis Abfahrt Köln-Longerich, ab da leite ich Sie.«

Er war in seinem Element, fühlte sich um Jahre zurückversetzt. Als ihm auffiel, dass die Hauptkommissarin ungewohnt schweigsam war, wurde ihm bewusst, dass er sich etwas mehr hätte zurückhalten sollen. Sein schlechtes Gewissen meldete sich. Behutsam legte er seine Hand auf ihren Arm.

»Entschuldigen Sie, ich wollte Sie nicht überfahren. Es war eine altgewohnte spontane Reaktion von mir. Ich habe mir nichts dabei gedacht.«

»Kein Problem!

Ich habe nur ein verdammt mieses Gefühl. Was habe ich falsch gemacht? Hätte ich Stern unter Beobachtung stellen sollen? Immerhin war er unser einziger Verdächtiger.«

»Nein.«

Blumberg war sich sicher.

»Dafür gab es keinen Grund.«

»Trotzdem hätte ich damit rechnen müssen.«

Sie aktivierte die Freisprechanlage, erreichte Wolfsbach und sagte ihm, dass sie die Fahndung nach Paul Stern einleiten würde.

»Und Sie bleiben im Hotel. Wir müssen die Leute befragen.«

»Okay, selbstverständlich.«

Der Schniegel wird schon zahmer, dachte Blumberg. Er hat wohl wegen seiner Indiskretion der Presse gegenüber Schiss in der Hose. Hoffentlich hat er was daraus gelernt. Im Stillen nahm Blumberg sich vor in dieser Sache einmal mit seinem alten Freund Schneider zu reden. Vielleicht konnte er ja was für den jungen Kriminalassistenten tun. Eine zweite Chance hatte jeder verdient. Musste aber keiner mitkriegen.

Von den Kollegen der Autobahnpolizei Olpe wurde Wagenknecht etwa zwei Stunden später benachrichtigt.

Der zur Fahndung ausgeschriebene weiße BMW der Leihfirma *KölnMobil* wurde im Bergischen gefunden. Auf dem Rastplatz bei Eckenhagen.

Ohne Paul Stern.

Weit und breit kein Hinweis, was passiert sein könnte. Stern hatte sich in Luft aufgelöst.

14

Bilder der Verdammten

Für heute hatte Kareen Wagenknecht genug. Sie fühlte sich wie gerädert. Es war kurz vor zwanzig Uhr, sie war die letzte im Büro. Sie rief Hendrik an und fragte ihn, ob er noch ein kleines Abendessen zubereiten könnte, in einer halben Stunde wäre sie zu Hause. Er versprach etwas Gutes zu zaubern. Wenn Hendrik nicht wäre. Er war es, der sie nach der Scheidung wieder an die Oberfläche gezogen hatte. Nach monatelangem Stimmungstief, in der sie in ihrer Arbeit Vergessen suchte, hauchte er ihr wieder Leben ein. Leben für die schönen Dinge des Daseins. Sie machte es ihm nicht einfach, aber Hendrik war hartnäckig.

Und kochen konnte er auch.

Dreißig Minuten später bog sie in die Eichhardt Straße ein, fuhr in die Tiefgarage und fiel fünf Minuten später Hendrik um den Hals.

»Du siehst ja echt fertig aus.«

Er musterte sie besorgt.

»So schlimm?«

»Schlimmer.«

Er ging in die Küche und kam mit zwei Gläser Rotwein zurück.

»Jetzt wird abgeschaltet«, bestimmte er und bugsierte sie ins Wohnzimmer.

»Ein kleiner Schluck, dann muss ich noch für zehn Minuten in die Küche, aber dann können wir essen«, sagte Hendrik und stieß mit ihr an.

»Okay, in der Zeit gehe ich duschen.«

Sie war dankbar, dass sich der Abend so entspannt zeigte. Hendrik verwöhnte sie mit Bratkartoffeln, grünen jungen Böhnchen umwickelt mit rohen Schinkenstreifen, und einem gut durchgebratenen Steak. Dazu der trockene Rote von der Ahr. Es schmeckte himmlisch.

»Ich habe gesehen, du liest momentan das Buch *Bilder der Verdammten*, interessiert dich das Thema beruflich?« Hendrik sah sie fragend an.

»Auch. Durch den aktuellen Fall bin ich mit dem Thema Raubkunst konfrontiert worden. Dabei habe ich festgestellt, dass ich rein gar nichts über die Vorgänge weiß, die sich während der Nazizeit auf diesem Sektor ereignet haben.«

Sie legte sich noch Bratkartoffeln nach und trank genussvoll einen großen Schluck Wein.

»Es ist unglaublich, was da alles gelaufen ist.«

»Ja, unvorstellbar.« Hendrik schüttelte den Kopf.

»Ich habe das Kapitel gelesen, das beschreibt, wie Hermann Göring ganze Güterzüge voll gepackt mit geraubter Kunst zu seinem eigens dafür ausgebauten Landsitz im Norddeutschen kommandiert hat.«

»Und«, Wagenknecht erinnerte sich an das Gespräch mit Merzbach in Köln. »Das Irre ist, die geraubten Kunstwerke, in der Summe Werke von Malern, deren Bilder heute eine Menge Geld bringen, werden immer noch gehandelt. Und es wird dafür gemordet. Kannst du dir das vorstellen?«

»Ist das dein aktueller Fall?«

Sie konnte Hendrik nichts vormachen, er konnte sehr gut eins und eins zusammenzählen.

»Ja, und ich bin heilfroh, das mir Blumberg mit seiner Erfahrung zur Seite steht.«

»Blumberg, ist das ein neuer Kollege? Den hast du noch nie erwähnt«, fragte Hendrik.

»Kein direkter Kollege, aber so etwas Ähnliches.«

Sie erzählte ihm von Carl Blumberg, dem ehemaligen Chef der Kölner Mordkommission.

»Er ist ein ganz netter Typ, es macht Spaß, mit ihm zu arbeiten. Der Mann ist echt cool.«

»Wieso?«

Hendrik wurde neugierig.

»Weißt du, er hat es nicht mehr nötig, sich profilieren zu müssen. Er ist souverän, gelassen, und hat eine ungebrochene Energie. Und das, obwohl er gerade eine schwere Krankheit überstanden hat. Er wurde frühpensioniert und lebt seit kurzem mit seiner Frau in Nümbrecht. Dort hat er von seiner Tante ein wunderschönes Haus geerbt.«

»Manchmal ist es wirklich erstaunlich, was die älteren Herrschaften so alles durchmachen und wie sie das wegstecken.« Hendrik meinte, wie er es sagte. Durch seine Schüler lernte er viele Familien kennen, ihre Probleme, und wie oft Omas und Opas darin eine schicksalhafte Rolle spielten.

Wagenknecht schnitt nochmals das Thema Raubkunst an. Das Gefühl, dass ihre aktuellen Fälle damit zu tun hatten, ließ sie nicht los.

»Weißt du, was ja gar nicht so in der Öffentlichkeit bekannt ist, ist die Tatsache, dass es zu Beginn des Zwanzigsten Jahrhunderts viele jüdische Maler gab, exzellente Maler. Und stell dir vor, nur weil sie nicht arisch waren, wurden sie von heute auf morgen von den Nazis verhaftet, deportiert, ermordet. Ihre Arbeiten wurden beschlagnahmt. Ich möchte nicht wissen, wie viele Werke dieser Künstler heute noch in manch einem Keller oder auf dem Dachboden verstauben, oder bei Kunstsammlern an der Wand hängen. Herkunft unbekannt und keinen interessiert es.«

»Doch, da gibt es etwas.«

Wie immer wusste Hendrik mal wieder mehr.

»Ich kann mich erinnern, dass es ein Museum gibt, das speziell die Werke der verfolgten Künstler ausstellt. Sehen wir mal nach.« Er ging in sein Arbeitszimmer und kam mit dem iPad zurück.

»So, mal eben bei Google eingeben, und hier ist es. Das Zentrum für verfolgte Künste im Solinger Kunstmuseum. Sehen wir uns mal deren Homepage an.« Er rückte nahe an Wagenknecht heran, so nahe, dass sie nicht nur am iPad Interesse fand. Der Abend war mal wieder richtig gut.

»Hier«, Hendrik tippte auf das Display.

»Alles Maler, die Anfang des Zwanzigsten Jahrhunderts gelebt haben. Sind mir alle unbekannt, sie wurden alle ermordet. Kann einen direkt deprimieren.« Das Thema nahm ihn mit.

Wagenknecht nickte zustimmend, doch sie konnte nicht mehr, der kommende Tag würde nicht einfach werden, sie brauchte Entspannung. Und sie wusste auch schon wie. Hendrik musste sie nicht lange überreden und der Rest des Abends verlief so richtig schön.

15

Pirsch

»Carl, ist das hier bei uns im Bergischen nicht schön?«

Lutz Steinfeld, der mit Blumberg und ihren Hunden eine Runde am Blockhaus drehte, machte eine hundertachtzig Grad umfassende Bewegung mit dem Arm.

»Wo du auch hinsiehst, rundum eine traumhaft schöne Landschaft, fast wie ein Park.«

»Stimmt, trotzdem treibt sich hier in dieser traumhaften Parklandschaft derzeit einiges Gesindel herum.«

Blumberg war sauer, das war nicht zu überhören.

»Lutz, du kennst dich doch hier am besten aus.«

Steinfeld, seit dreiundzwanzig Jahren Revierförster in Reichshof, ließ die Behauptung so stehen.

»Ich denke schon, es gibt kein noch so verlassenes Kaff, das ich nicht kenne. Und mein Gott, es gibt abgelegene Orte, sage ich dir, da sagen sich Wildschweine und Rehe einen guten Tag.«

»Was ich meine«, Blumberg wurde nachdenklich, »ist eine Zelle, in der Kriminelle sich unbeobachtet fühlen. Wo kein Nachbar sieht, wann man kommt, wann man geht, oder was man treibt. Kennst du so was?«

»Klar, da gibt es einige. Aber wie willst du die kontrollieren? Bei den abgelegenen Anwesen weiß doch keiner so richtig was dort abgeht. Es gibt keine Nachbarn. Dort ist alles möglich.«

»Lutz«, Blumberg wurde direkt.

»Hier sind zwei Morde geschehen und den einzigen Verdächtigen, den die Polizei hatte, ist spurlos verschwunden. Sein leeres Auto wurde bei Eckenhagen gefunden. Hier tut sich was, das spüre ich doch.«

»Habt ihr denn überhaupt keine Ansatzpunkte? Es muss doch etwas geben, das euch weiter bringt.«

»Hast du schon mal was von einem Otto Stern gehört?« Die Frage war rein rhetorisch, Blumberg rechnete nicht mit einer Resonanz.

»Klar, der hat doch in Heitsiefen den Hof gekauft. Ist aber schon eine Weile her.«

Blumberg wollte es nicht glauben.

»Heitsiefen, Lutz, wo liegt das?«

»Oberhalb von Eckenhagen, Richtung Drolshagen. Rundum Naturschutzgebiet da oben. Landschaftlich wunderschön, doch zum Wohnen die Einöde.«

»Ein kleiner Ort?«

»Kleiner Ort ist gut, es gibt da nur zwei Gebäude. Ein Hof mit Scheune und ein kleines Wohnhaus, das etwa dreihundert Meter entfernt steht. Früher hat dort ein Schäfer gewohnt, heute gehört es ebenfalls dem Stern. Wie es heißt, ist es sein Gästehaus.«

»Otto Stern und Bauernhof.«

Blumberg fasste es nicht.

Aber jetzt gab es eine Perspektive. Gut, dass er sich

mit Lutz verabredet hatte. Spontan lud er ihn und seine Frau für Samstagabend zum Essen nach Nümbrecht ein. An diesem Abend war Bergische Küche angesagt. Da würde er mal wieder in Tante Friedas Rezepte stöbern. Mittlerweile ein Hobby vom ihm.

Max war die absolute Tarnung. Egal, ob in Wiehl auf der Warth oder hier oberhalb von Heitsiefen. Er und sein Hund waren für jeden Beobachter die Spaziergänger schlechthin. Blumberg blieb stehen und genoss den Blick über das östliche Bergische. Schon dem Sauerland zugeneigt, waren hier die Berge höher als in Nümbrecht und die Natur roch schon mehr nach Wildnis und Hochwald. Einfach umwerfend. Doch Steinfeld hatte recht, wohnlich gesehen war man hier am Ende der Welt. Man musste schon dazu geboren sein, um hier leben zu können.

Oder man wollte sich nicht in seine Karten sehen lassen. So wie ein Otto Stern. Nur deshalb hatte er diesen Hof gekauft, da war sich Blumberg sicher. Etwa zweihundert Meter in einer Senke sah er den Hof und abseits davon ein kleines Bauernhaus liegen. Rundum freie Flächen. Jeder, der sich dem Anwesen näherte, wurde gesehen. Genial für Leute, die nicht überrascht werden wollten.

Genial fand er auch den Hochstand, der abseits des Weges in den Wald hinein gebaut war. Von dem aus müsste man einen tollen Blick auf die Gebäude haben, überlegte er. Hoffentlich war die Kanzel nicht abgeschlossen.

»Max, Glück muss man haben.«

Blumberg betrachtete die Tür des Hochstandes, die nur mit einem Riegel verschlossen war. Insgesamt war die Jagdeinrichtung zwar alt, machte aber einen noch recht stabilen Eindruck.

»Max, den werden wir jetzt testen.«

Er band den Hund unten an die Leiter an und kletterte nach oben. Auf der Kanzel hatte er einen Platz in der ersten Reihe, besser konnte es nicht sein.

Mit dem Fernglas betrachtete Blumberg konzentriert das Anwesen. Offensichtlich hatte Stern den Hof nicht nur gekauft, sondern auch von Grund auf rundum saniert. Zumindest sprachen die neuen Dächer, der weiße Neuanstrich und die neu gepflasterte Hofanlage dafür. Das Pflaster, Natursteine in einem großen, kreisförmigen Muster verlegt, war ein Meisterstück bergischer Pflasterer.

Schweineteuer.

Traditionell glänzten zu den weißen Sprossenfenster die Schlagläden in Bergisch Grün. Blumberg musste zugeben, alles war wie aus dem Ei gepellt. Die Renovierung musste ein Vermögen gekostet haben. Im Vergleich zu der heruntergekommenen Fabrikanlage in Engelskirchen war hier wirklich alles sehr solide.

Das musste einen Grund haben. Mit Bauernhof war hier nun rein gar nichts. Keine landwirtschaftlichen Geräte, kein Vieh, keine Silos.

Dafür sah er einen der beiden Männer, die von der blonden Schönen abends in die Villa von Stern hinein gelassen wurden. Das Kantholz absolvierte sein Body Training mit Holzhacken.

Doch etwas veränderte sich plötzlich.

Max unten am Hochstand wurde unruhig. Blumberg musterte die Gegend, konnte aber nichts Außergewöhnliches feststellen. Nur ein leichtes, weit entferntes Geräusch war in der Luft. Er nahm es erst bewusst zur Kenntnis, als es lauter wurde und er einen Punkt am Himmel bemerkte der zusehends größer wurde.

»Nur ein Hubschrauber Max, ganz ruhig«, rief er seinem Hund zu.

Er war wie elektrisiert.

Als die Baumwipfel anfingen sich zu bewegen, wurde Max nervös. Mit sanften Worten beruhigte ihn Blumberg. Nachdem der Hubschrauber auf der Hoffläche gelandet war und die Rotoren zum Stillstand gekommen waren, war auch für Max die Aufregung vorbei.

In dieser Einöde landete ein Hubschrauber, unglaublich. Blumberg bemerkte ein Kribbeln im Bauch wie seit seiner besten Zeit in Köln nicht mehr. Vor Anspannung drückte er das Fernglas so fest gegen sein Gesicht, dass es schon wehtat. Als er sah, wer aus dem Heli kletterte, konnte er es kaum glauben.

Eindeutig die ältere Kokette, die er in Düsseldorf auf dem Messestand bei Stern gesehen hatte. Wieder schwarz gekleidet, riesengroßer filigraner Hut, anscheinend ihr Markenzeichen. In Begleitung eines blonden Hünen ging sie auf Otto Stern und die blonde Schöne zu.

Nach Küsschen hier und Küsschen dort gingen sie ins Haus.

»Tja Max, jetzt heißt es warten.«

Doch dann ging alles sehr schnell. Nach etwa zehn Minuten verließ die Gruppe das Gebäude, der Begleiter der Frau trug einen gut verpackten Gegenstand. Flach, etwa sechzig mal einhundert Zentimeter groß, offenbar ein Bild, vermutete Blumberg. Er konnte nicht anders, er nahm sein Handy und rief die Hauptkommissarin an.

»Sie glauben es nicht, wenn ich Ihnen sage, wo ich bin und was ich hier sehe«, sagte er aufgedreht.

»Na, wenn Sie mal aufgeregt sind, dann muss es wirklich spannend sein.«

Wagenknecht lachte herzlich, war aber in der Tat nun wirklich neugierig. Nachdem Blumberg ihr die Lage geschildert hatte, war sie baff. Sie hatte ja schon einiges erlebt, aber das hier war ein Szenarium wie in einem James-Bond-Film. Sie bat Blumberg, ihr das Kennzeichen des Hubschraubers zu sagen, sie wollte es sofort überprüfen lassen.

»Wahrscheinlich eine Mietfirma, aber vielleicht bringt uns das trotzdem weiter. Aber Herr Blumberg«, sie klang besorgt. »Sehen Sie um Himmels Willen zu, dass man Sie nicht bemerkt. Wir wissen nicht, wie die sich verhalten würden.«

»Machen Sie sich keine Sorgen, für die bin ich unsichtbar. Ich werde Sie nachher von zu Hause aus anrufen und Sie über den Rest informieren.«

»Okay, aber wie gesagt, passen Sie auf.«

Es tat sich dann auch nicht mehr viel. Stern und die blonde Schöne winkten dem Hubschrauber noch überschwänglich nach und gingen anschließend ins

Haus. Blumberg konnte sich vorstellen, dass Stern soeben ein lukratives Geschäft gemacht hatte. Die Frage war nur, wie legal war das alles. Er taxierte den Hof und das angebliche Gästehaus und entschied der Sache auf den Grund zu gehen. Aber nicht heute. Das musste sorgfältig vorbereitet werden. Und er hatte eine Idee, wenn auch eine nicht ganz legale. Er grinste, er war ja Pensionär, und Steinfeld musste ihm helfen.

16

Geschmorter Tafelspitz

Blumberg war in seinem Element, las nochmals Tante Frieda Rezept, überprüfte die Zutaten und verglich penibel genau die angegebenen Mengen im Verhältnis zu der vorgesehenen Personenzahl.

Das Kochrezept war vielversprechend:

Geschmorter Tafelspitz vom Bergischen Ochsen mit Bordeauxsauce und Grießknödel.
Benötigt wurden:
*   1,5 kg gut abgehangener Tafelspitz*
*   300g Wurzelgemüse sowie Petersilienwurzel*
*   1 Zwiebel, Salz, Pfeffer, 2 EL Senf, etwas Öl*
*   1,5 EL Tomatenmark, 0,25 l Bordeaux*
*   0,5 l Rindfleischbrühe, 6 Wacholderbeeren*
*   4 Lorbeerblätter, Thymian, Majoran*
*   1 Packung Grießknödel*

Zufrieden, dass alles, was er brauchte, vorhanden war, band er sich seine Lieblingsschürze um. Blauweiß kariert, ein Andenken von einem Urlaub in Bayern, und legte los.

Das Wurzelgemüse und die Zwiebel schnitt er in feinen

Scheiben, spülte das Fleisch ab, trocknete, salzte und pfefferte es. Danach strich er es mit Senf ein. Großzügig, das brachte einen exzellenten Geschmack. In dem Schmortopf, gusseisern, schwarz wie die Hölle und teuflisch gut, ebenfalls ein Erbstück von Tante Frieda, erhitzte er das Öl und briet das Stück Fleisch rundum scharf an.

Danach nahm er es aus dem Schmortopf.

Das geschnittene Wurzelgemüse mit der Zwiebel gab er in den Topf, schwitzte es an, gab Tomatenmark hinzu und röstete das Ganze leicht an. Anschließend löschte er mit Bordeaux ab, gab die Brühe hinzu und kochte alles kurz auf. Dann legte er das Fleisch in den Fond, gab Wacholderbeeren, Lorbeer, Thymian und Majoran hinzu, verschloss den Schmortopf mit dem Deckel und schob ihn in den auf 180 Grad (Umluft) vorgeheizten Backofen.

Für die Zubereitung der Grießknödel und des Blumenkohls als Beilage konnte er sich etwas Zeit lassen.

»Carl, hier riecht es aber schon richtig gut«, meinte Elsa, die sich vom Küchenduft aus ihrem Atelier hatte locken lassen. Vorsichtig spinkste sie zum Herd hin.

»Kann man schon probieren?«

Schelmisch sah sie ihn an. Sie wusste, dass er es nicht mochte, wenn man ihn beim Kochen störte. Und mit Probieren war schon mal gar nichts.

»Alles noch am Werden Elsa, wenn du willst, kannst du nachher schon den Tisch decken. Und denk an die Rotweingläser.«

»Wird Lutz aber enttäuscht sein, wenn er sein Bierchen nicht bekommt«, stellte Elsa fest.

»Bekommt er später, beim Essen gibt es einen trockenen Roten von der Ahr.« Für Blumberg gab es da keine Kompromisse.

Elsa hatte noch was auf dem Herzen, das musste sie loswerden.

»Du Carl, ich habe vor, Agnes zu einem Seminarkurs ins Kunsthaus Hespert einzuladen. Du weißt ja, sie selbst will sich das nicht leisten, würde aber mal gerne so was machen. Zumindest hat sie sich kürzlich so geäußert, als ich ihr davon erzählt habe.« Fragend sah sie Blumberg an.

»Was hältst du davon?«

»Eine gute Idee, sie wird sich sicher riesig darüber freuen. Du kannst ja sagen, in ihrer Begleitung würde es dir viel mehr Spaß machen, alleine hättest du nicht so die richtige Lust.«

»Carl, das ist auch wirklich so. Wenn man einen dabei hat, mit dem man sich gut versteht, macht das wirklich mehr Spaß.«

»Dann mach das so, aber nun raus aus der Küche, heute bin ich hier der Chef.«

Es war ein absolut gutes Timing. Zwanzig Minuten bevor Steinfelds kamen, machte Carl das Essen fertig.

Er nahm den fertigen Braten aus dem Topf, stellte ihn im Backofen warm und siebte anschließend den Bratensud durch das Küchensieb. Zum Binden gab er zur Sauce etwas Mondamin hinzu und schmeckte sie anschließend ab. Anschließend nahm er den Tafelspitz aus dem Ofen und schnitt ihn in fingerdicke Scheiben. Auf der Fleischplatte gab er soviel

Sauce über das Fleisch, dass es gleichmäßig bedeckt war. Die restliche Sauce kam in die Sauciere. Knödel und Blumenkohl waren auch fertig.

Die Gäste konnten kommen.

Wie immer, wenn sie mit Steinfelds zusammensaßen, wurde es ein gemütlicher Abend. Lutz, ein überzeugter Biertrinker, konnte sich nicht genug über die Harmonie des Ahr Wein zum Bergischen Tafelspitz auslassen.

»Carl, großes Kompliment«, schwärmte er. Und da seine Agnes den Chauffeur machte, hatte er auch nichts gegen den Bergischen Klaren einzuwenden, den Carl nach dem Essen einschenkte. Sozusagen als Magenaufräumer. Anschließend ließ es sich Agnes Steinfeld nicht nehmen, Elsa beim Abräumen und Küche machen zu helfen. Die Herren bugsierten sie ins Wohnzimmer.

»Ihr steht uns sonst nur in den Füßen rum«, meinte Elsa und blinzelte Blumberg zu. Ihm war klar, Elsa wollte bei der Einladung zum Malseminar mit Agnes alleine sein. Das passte ihm ganz recht. Denn das, was er mit Steinfeld zu besprechen hatte, sollten die Frauen nicht mitkriegen.

Entspannt lehnte er sich im Sessel zurück. Er freute sich, dass sein geschmorter Tafelspitz ihnen allen so gut geschmeckt hatte. Aber jetzt musste er zur Sache kommen.

»Lutz, ich habe da ein Problem.«

Steinfeld runzelte die Stirn und sah ihn neugierig an.

»Schieß los, wenn ich dir helfen kann, bin ich dabei.«

»Wie du weißt, helfe ich momentan der Kripo in Gummersbach bei den Ermittlungen der beiden Morde hier bei uns. Und du hast mir doch von dem Bauernhof in Heitsiefen erzählt, den Otto Stern gekauft hat.«

»Richtig.«

Steinfeld spürte, hier entwickelte sich etwas Spannendes.

»Nun, ich war vor zwei Tagen da oben mit Max spazieren.«

»Doch nicht zufällig, oder?«

»Nein, ich wollte etwas mehr über das Anwesen erfahren und hatte Glück.« Blumberg schilderte sein Erlebnis und registrierte, das Steinfeld Feuer fing.

»Kaum zu glauben, ein Hubschrauber landet in dieser Einöde auf dem Hof von Otto Stern. Vermutlich wegen des Verkaufs eines Bildes. Irre, hier kann es sich doch nur um etwas Illegales handeln«, sinnierte Steinfeld.

»Carl, das stinkt.«

»Genau meine Meinung. Deshalb müssen wir wissen, was dort vorgeht. Doch die Kripo hat derzeit keine Handhabe um sich dort umsehen zu können. Also muss ich ran. Und du kannst mir helfen.«

Steinfeld hatte es geahnt, er kannte seinen Freund lange genug, um zu spüren, dass etwas im Busch war. War aber in Ordnung. Für Abwechslung war er immer zu haben.

»Es ist aber schon ziemlich gewagt Lutz, was ich

mir ausgedacht habe. Vielleicht sagt du, dass es nicht machbar ist, dann müssen wir uns etwas anderes einfallen lassen.«

»Mach es nicht so spannend, schieß los.«

»Also pass auf.«

Blumberg erzählte ihm von seinem Plan. Plötzlich fing Steinfeld so lauthals an zu lachen, dass ihm die Tränen über das Gesicht liefen. Er konnte einfach nicht anders.

»Carl, du bist doch immer noch so ein toller Hund wie früher. Das, was du vorhast, ist geradezu bühnenreif. Sozusagen Bergische Volksbühne.« Er wischte sich die Tränen ab und hob sein Glas.

»Aber ich bin dabei.

Prost.«

17

Reichshof, Heitsiefen

Schon seit Jahren hatte er nicht mehr sein Jagdgewehr getragen und daran, wie es auf seine Knochen drückte, merkte er, dass er doch nicht mehr der Jüngste war.

Aber ohne Gewehr ging es nicht. Zum einen brauchte er es für seine Identität als Jäger, zum anderen war seine alte Zwillingsflinte immer noch Respekt einflößend. Und das konnten sie heute gebrauchen.

Es war später Vormittag, als sie den Hochstand in Heitsiefen erreichten. Steinfeld hatte seinen Land Rover an der Weggabelung nach Heide stehen lassen. Sie hatten sich sozusagen auf leisen Sohlen ihrem Ziel genähert.

Blumberg nahm erleichtert das Gewehr herunter, lehnte es an den Hochstand und reckte sich erst einmal ausgiebig.

»Carl, man ist halt nicht mehr der Jüngste«, grinste Steinfeld, der ihn beobachtete. Dann zeigte er auf Max und Eika, die rund um den Hochsitz ihr neu gewonnenes Revier markierten.

»Ich denke, wir binden die Hunde an und werden von oben erst einmal die Lage peilen.«

»Sehe ich auch so.«

Etwas Entspannung war genau das, was sie

brauchten, bevor es losging. Durch ihre Ferngläser beobachteten sie das Anwesen. Außer dem schwarzen Porsche vor der Haustür wirkte alles wie ausgestorben. Leblos, geradezu tot. Was im Haus vor sich ging, konnten sie nicht einsehen.

»Der Porsche ist der Wagen von Stern, den habe ich in Engelskirchen vor seiner Fabrik gesehen«, informierte Blumberg den Revierförster.

»Wir müssen warten, bis Stern weg ist, solange der da ist, können wir nichts machen. Der würde uns nie und nimmer auf den Hof lassen.«

»Macht nichts, gut, dass es so ein tolles Wetter ist, Verpflegung haben wir auch, also richten wir uns hier erst einmal ein.«

Steinfeld öffnete seinen Rucksack und zauberte zwei dunkel gebackene Krusti sowie eine Salami hervor. Er schnitt ein großes Stück ab, reichte es mit einem Krusti Blumberg und meinte, sie sollten jetzt erst einmal das zweite Frühstück genießen.

»Lutz, gute Idee, dass nächste Mal bin ich dran«, dankte Blumberg und ließ es sich schmecken. Es dauerte dann doch noch fast eine Stunde, bis Otto Stern in Begleitung der blonden Schönen hastig das Haus verließ, sich in den Porsche schmiss und mit quietschenden Reifen aus dem Hof fuhr.

»Der hatte es aber eilig«, stellte Steinfeld feixend fest. »Da scheint auch nicht immer Harmonie zu herrschen. Carl, was denkst du, wann sollen wir loslegen?«

»Warten wir noch eine halbe Stunde. Nach dem hektischen Abgang von Stern muss da unten erst einmal Ruhe einkehren.«

»Essen wir noch was.«

Steinfeld verfuhr mit Krustis und Salami wie gehabt und reichte Blumberg den Nachschlag.

»Übrigens Carl, der Rote von der Ahr, den du neulich beim Tafelspitz serviert hast, den kannst du mir mal aufschreiben. Der hat hervorragend geschmeckt.«

Er blinzelte Blumberg von der Seite her an.

»Agnes meinte, etwas Abwechslung bei den Getränken, also nicht nur Bier und Mineralwasser beim Essen, sollten wir uns auch gönnen. Also bitte mal aufschreiben.«

»Mach ich doch, aber sieh mal, da unten tut sich was.«

Sie beobachteten, wie sich das Tor eines kleineren Nebengebäudes öffnete und ein schwarz lackierter Mercedes Transporter herausfuhr. Ohne Aufschrift, mit getönten dunklen Scheiben, breiten Reifen, Exklusivausführung. Rückwärts setzte er vor das große Tor der angrenzenden Scheune. Die beiden Muskelpakete, die Blumberg bereits kannte, kletterten aus dem Transporter und verschwanden durch eine kleine Tür ins Innere der Scheune.

»Jetzt bin ich echt neugierig, was hier passiert«, gab Steinfeld von sich.

Blumberg stand ebenfalls unter Hochspannung. Wenige Minuten später sahen sie, wie das Alurolltor der Scheune hochfuhr und ein Gabelstapler mit aufeinander gestapelten, exakt gleich großen Kisten, zum Transporter fuhr. Durch das Fernglas musterte

Blumberg die Kisten. Sie waren aus massivem Holz, flache Bauweise. Er schätzte, dass sie sich ideal für den Transport von Bildern eignen würden.

Er zeigte nach unten.

»Lutz, wir müssen da hin, sofort. Das Tor ist offen, die Gelegenheit kriegen wir nie wieder.«

Steinfeld kletterte bereits den Hochstand hinunter und redete beruhigend auf die Hunde ein. Er blickte nochmals hoch und bat Blumberg, ihm sein Fernglas, das er vergessen hatte, mitzubringen.

»Aber Carl, sei vorsichtig, die dürfen uns nicht bemerken, sonst ist unser Plan im Eimer.«

»Ist klar, Lutz.«

Langsam kletterte Blumberg die Holzleiter hinunter, wobei er darauf achtete, dass sich die Sonnenstrahlen nicht in den Gläsern der Feldstecher spiegelten. Aus Erfahrung wusste er, dass solche Reflexe wie Blitze sehr weit zu sehen waren. Und die Wachsamkeit der Leute auf der Hofanlage unterschätzte er keineswegs.

Am Boden angelangt umrundete ihn Max gleich mehrmals und segnete anschließend so manch kleines Pflänzchen. Mit einem tiefen zufriedenen Grunzen stupste er danach Blumberg an den Beinen um zu signalisieren, dass er nun für alle Schandtaten bereit sei.

»Ist ja gut Max, gleich geht es los.«

Steinfeld nahm ein Stück Fell aus seinem Rucksack und ließ die Hunde daran schnuppern. Belustigt beobachtete Blumberg, wie sie den Geruch des Fuchses aufnahmen und aufgeregt mit der Schnauze am Boden hin und her liefen, um eine Fährte aufzunehmen.

»Such Eika, such«, feuerte Steinfeld seine Jagdhündin an und ließ sich von ihr an der langen Leine nach vorne ziehen. Blumberg mit Max, hielt sich seitlich von den beiden auf Distanz, immer in Richtung Heitsiefen. Noch gut auf Abstand zu den Gebäuden blieb Steinfeld stehen, befahl Eika sich zu setzen und nahm sein Jagdgewehr von den Schultern.

»Carl, es ist so weit, jeder von uns schießt einmal in die Luft. Aus dieser Entfernung werden die unten auf dem Hof die Schüsse hören. Danach im Eiltempo hinunter, die Hunde müssen wir ordentlich anfeuern. Es muss echt aussehen, sonst kriege ich Ärger.«

Es war dann nicht mehr viel nötig, um die Hunde so richtig anzuheizen. Die Schüsse waren für sie das Signal, dass es etwas aufzuspüren gab. Und das taten sie mit wilder Entschlossenheit. Bellend stürmten sie nach vorne, wobei Blumberg die größte Mühe hatte, mitzuhalten. Laufen war noch nie seine Stärke gewesen.

Auf dem Hof war man inzwischen auf sie aufmerksam geworden. Zufrieden stellten sie fest, dass die drei Männer in ihre Richtung starrten.

»Hoffentlich lassen die das Rolltor offen«, äußerte sich Blumberg keuchend, als sie den Hof erreichten. Sie nahmen ihre Hunde kurz und Steinfeld schritt schnell auf die Männer zu.

»Haben Sie den Fuchs gesehen, der gerade in Ihre Scheune gelaufen ist?«, sprach er die Männer an.

Er zeigte auf das offene Rolltor.

Schlagartig nahmen die Mienen der beiden Schwergewichtler einen wachsamen Ausdruck an. Ihre

Haltung verkrampfte sich, es war offensichtlich, sie konnten mit der Situation nichts anfangen.

»Hier nix Fuchs«, knurrte der Ältere des Trios mit starkem osteuropäischem Akzent.

»Wir hätten sehen.«

Misstrauisch beäugte er Steinfeld und Blumberg, wobei sein Blick an ihren Jagdgewehren hängen blieb. Offensichtlich schätzte er ihre Präsenz ab.

»Doch, ich habe durch das Glas gesehen, wie er in die Scheune verschwunden ist, das ist gefährlich.«

Steinfeld sah die Männer fest an.

»Der Fuchs hat hochgradig die Tollwut und er ist angeschossen. Es besteht die Gefahr, dass er Sie angreift. Wir müssen die Scheune durchsuchen und ihn erschießen.«

»Nix Scheune durchsuchen, privat.«

Die beiden Kanthölzer bauten sich demonstrativ vor dem Rolltor auf. Der dritte Mann, der den Gabelstapler gefahren hatte, wollte in die Scheune verschwinden. Blumberg stellte sich ihm in den Weg.

»Sie bleiben alle so lange hier draußen, bis wir das Tier haben«, sagte er entschieden.

Steinfeld spürte, das Ärger in der Luft hing, er beschloss, amtlich zu werden.

»Ich bin hier in meiner Eigenschaft als verantwortlicher Forstbeamter für dieses Gebiet. Und das gibt mir das Recht, bei Tollwutverdacht mich auch auf Ihrem Grundstück umsehen zu können. Aber«, er nahm sein Handy aus der Tasche, klappte es auf und meinte gelassen, »wenn es Ihnen lieber ist, informiere ich die Polizei. Die wird dann mit den zuständigen

Behörden wie Veterinäramt, Ordnungsamt, also mit dem ganzen Behördenprogramm hier aufkreuzen und solange alles durchsuchen, bis wir das Tier gefunden haben.« Die Wirkung war durchschlagend. Bei dem Wort Polizei fingen die Nerven der Gestalten sichtlich an zu arbeiten. Sie warfen sich hilflose Blicke zu, wussten nicht, was sie machen sollten. Der Ältere zuckte schließlich mit der Schulter und sagte zu Steinfeld, dass sie in Begleitung von ihm und seinem Bruder nach dem Fuchs suchen könnten.

»Schießen nur auf Tier, nix Einrichtung schießen«, knurrte er, bevor es in die Scheune ging.

Na also, klappt doch, dachte Blumberg, entsicherte wie Steinfeld sein Gewehr und hielt sich hinter den anderen. So konnte er sich alles unauffällig ansehen und seine alte Minox hatte er auch noch dabei. Verschwindend klein, war sie in seiner Hand nicht auszumachen.

Total überrascht blickte er auf das Innenleben der Scheune. Das heißt, mit Scheune war hier gar nichts. Es war eine große fest ausgebaute Halle, die allen Ansprüchen eines industriellen Reinraumsystems gerecht wurde. Glänzender, spiegelblanker Boden, makellos weiß gestrichene glatte Wände, in zirka vier Meter Höhe eine abgehangene, weiße Kassettendecke. Durch einen vertikalen und horizontalen Gang war die Halle in vier Quadrate eingeteilt. Auf jedem dieser Viertel stand ein Edelstahl Container. Die Größe etwa wie die, die auf dem Bau als Büro Container verwendet wurden, ansonsten aber Hightech-Ausführung in edelstem Design.

Blumberg blickte auf das Rohrsystem, das in die Decken der einzelnen Container führte.

Klimaanlage, schoss es ihm durch den Kopf. Die Container sind vollklimatisiert. Dafür sprach auch, dass sie keinerlei Fenster besaßen. Wahnsinn, hier in der Einöde eine solche Anlage, das glaubt keiner.

Möglichst auffällig bemühte sich Blumberg in den Ecken und Winkeln nach dem Fuchs zu suchen, seine verdeckt gemachten Fotos bemerkte keiner. Hier könnte eine Anbauzucht für irgendwelche Drogen sein, überlegte er, sein Instinkt sagte ihm allerdings etwas anderes. In seiner Dienstzeit hatte er öfters mit dem Raubdezernat zusammengearbeitet und bei den Ermittlungen Kunstsammlungen in Räumen gesehen, die hermetisch abgeschottet waren. Klimaanlagen sorgten für eine immer gleich bleibende Temperatur und Luftfeuchtigkeit. Zum Erhalt der Kunstwerke musste das so sein. Diese Anlage hier sah genau so aus. Er beobachtete, wie Steinfeld mit der aufgeregten Eika bereits in der hintersten Ecke der Halle angelangt war, an seiner Seite der Chef der Truppe. Die Aktion konnte nicht mehr lange dauern.

»Du hier fertig machen und raus hier«, drängte ihn der jüngere der Brüder. »Hier nix Fuchs, hier nix sehen, Ende jetzt.«

Max, der den drohenden Tonfall sogleich richtig einordnete, knurrte so lautstark, dass der Mann einige Schritte zurückwich.

»Seien Sie vorsichtig«, warnte Blumberg, »mein Hund achtet auf gute Manieren.« Grinsend nahm er Max kürzer und ging zu Steinfeld.

»Also hier in der Halle ist der Fuchs nicht mehr, er muss uns entwischt sein«, meinte Steinfeld. »Wir müssen uns draußen umsehen, möglicherweise gibt es ja noch andere Gebäude, die offen sind.«

»Nix andere Gebäude offen, nix sich verstecken Fuchs hier«, knurrte ihr Hallenführer. Seiner entschlossenen Armbewegung nach zu urteilen meinte er es verdammt ernst.

Blumberg wollte keine weiteren Spannungen aufbauen, was er gesehen hatte, genügte ihm. Für ihn stand fest, welchem Zweck der Hof diente. Er überließ Steinfeld die weitere Initiative. Pro forma sahen sie sich draußen noch etwas um. Das Wohngebäude war verschlossen, es gab kein Argument, das ihnen eine Durchsuchung ermöglichte. Blumberg gab Steinfeld das Zeichen mit der Aktion Schluss zu machen.

»Es tut mir leid, Sie belästigt zu haben«, wandte sich Steinfeld scheißfreundlich an die Männer. »Aber Sie werden verstehen, dass es eine ernst zu nehmende Gefahr ist, wenn sich ein tollwütiges Wildtier herumtreibt. Sollten Sie noch irgendetwas bemerken, bitte informieren Sie uns sofort. Erreichen können Sie uns jederzeit über die Polizeidienststelle in Gummersbach, wir arbeiten zusammen.«

Polizeidienststelle, das Zauberwort, das ihnen garantierte, dass der Vorfall nicht an die Öffentlichkeit gelangte. Sie nahmen die Hunde an die lange Leine und als sie die Hofanlage hinter sich gelassen hatten, sahen sie sich grinsend an.

»Lutz, das hast du perfekt gemacht, besser hätte es nicht laufen können«, lobte Blumberg.

Steinfeld strahlte über das ganze Gesicht. Er freute sich wie ein Schneekönig.

»Und, hat es sich gelohnt?«

»Und ob. Ich fresse einen Besen, wenn sich in den Containern keine Kunstobjekte befinden. Ich vermute sogar, dass dort regelrechte Ausstellungen stattfinden. Wozu sonst sollen die sündhaft teuer aussehenden Teppichläufer auf den Hallengängen gut sein. Nur wie rechtens dies alles ist, ist hier die Frage. Da Stern sein Geschäft so abseits der Öffentlichkeit betreibt, kann es sich eigentlich nur um etwas Illegales handeln.«

»Denkst du, dass seine Männer ihn über die Aktion von uns informieren werden und wir mit einer Nachfrage rechnen müssen?«

»Nie und nimmer Lutz, die werden den Teufel tun, ihm auf die Nase zu binden, dass sie Fremde in die Halle gelassen haben. Stern würde wahrscheinlich ziemlich sauer reagieren und ich kann mir vorstellen, dass der ziemlich eklig werden kann. Nein, die Typen werden im Gegenteil froh sein, wenn unsererseits nichts mehr nachkommt und die Sache in Vergessenheit gerät. Mach dir also deswegen keine Gedanken.«

»Was willst du jetzt unternehmen?«

»Ich informiere die Hauptkommissarin, sie wird dann alles Weitere bestimmen.«

Er fasste Steinfeld am Arm.

»Lutz, wir haben noch das riesige Problem, dass der Bruder von Otto Stern, der Amerikaner, verschwunden ist. Wenn dem was Ernstliches passiert ist, dann gute Nacht. Hier muss sich bald was tun, sonst sehe ich schwarz für die Gummersbacher Kripo. Köln und Europol werden sich einschalten und glaube mir, dann ist es mit unserer himmlischen Ruhe vorbei.

Aber weißt du was?«

Impulsiv klopfte Blumberg seinem Freund auf den Rücken.

»Jetzt entspannen wir uns erst einmal und gehen in Nümbrecht ein leckeres Bierchen trinken, das haben wir uns verdient.«

Steinfeld hatte dem nichts entgegen zu setzten.

18

Raubkunst-Depot

Sie war nervös, aufs äußerste gereizt. Die Zeichen standen auf Sturm. Kriminalrat Schneider hatte ihr zu verstehen gegeben, dass bald Ergebnisse vorliegen müssten, ansonsten würden sie externe Ermittler vor die Nase gesetzt bekommen. Solange wie möglich würde er das verhindern, doch irgendwann wäre auch sein Einfluss am Ende.

Wagenknecht hatte verstanden.

Es war aber auch zum verrückt werden, außer dem aufgefundenen Wagen von Paul Stern gab es nichts, was sie weiter brachte. Von ihm selbst fehlte weiterhin jede Spur. Dass er nicht freiwillig seinen Wagen verlassen hatte, stand für sie fest. Wenn er Glück hatte, wurde er irgendwo nur festgehalten, Schlimmeres wollte sie sich erst gar nicht vorstellen.

Sie ging in die Küche zum Kühlschrank, nahm den am Vorabend geöffneten Weißwein aus dem Fach und schenkte sich ein Glas ein. Dann sank sie in ihren Lieblingssessel und blickte gedankenverloren auf Wiehl. Die Fakten liefen wie Bilder vor ihren Augen ab:

Mansfeld, erst gefoltert, dann hingerichtet.

Bleibtreu, ebenfalls hingerichtet.

Paul Stern, einfach so verschwunden.

Keine konkreten Hinweise. Außentemperatur 32 Grad Celsius. Sie bekam eine Gänsehaut.

Plötzlich musste sie amüsiert schmunzeln. Sie dachte daran, was Blumberg ihr von seinem Besuch auf dem Hof in Heitsiefen berichtet hatte. Illustriert stellte sie sich vor, wie er und der Revierförster mit ihren Hunden, Flinten in den Händen, auf „Fuchsjagd" den Hof von Stern gestürmt hatten. Es war einfach köstlich, doch Respekt, das Ergebnis war grandios. Wenigstens etwas, wo sie einhaken konnte.

Nachdenklich blickte sie auf das Buch, das auf dem Glastisch lag. Durch den Stress der letzten Tage war sie nicht dazu gekommen, sich damit zu beschäftigen. Dabei passte das Thema Raubkunst irgendwie zu ihren laufenden Fällen, das stand für sie fest. Seufzend nahm sie das Buch in die Hand und blätterte die Seiten gedankenlos durch. Sie hatte einfach keine Ruhe zum Lesen. Schon wollte sie es weglegen, als eine Überschrift ihren Blick festhielt.

„Bilder aus Görings Kunstsammlung in einem Bergischen Depot entdeckt."

Elektrisiert starrte sie auf die Zeilen.

Hastig überflog sie den Text bis zu der Stelle, wo das Datum und der Ort der Entdeckung genannt wurden. Gebannt las sie, dass im August 2005 bei der Räumung der Waldbröler Nutscheid Kaserne ein bis dahin nicht bekanntes Munitions-Depot aus dem Zweiten Weltkrieg gefunden wurde. Tief in einem Felsstollen verborgen, lagerten dort Flugabwehrraketen und Panzerfäuste.

Doch die wirkliche Überraschung war die Höhle

dahinter, die erst durch eine Sprengung sichtbar wurde. In ihr stapelten sich über einhundert große Stahlkisten. Unbeschädigt hatten sie die Jahrzehnte überstanden. Beim Öffnen der Behälter dann die Sensation: Kunstgegenstände, wertvolle Teppiche und Gobelins, weit über zweihundert Bilder, die zur NS-Zeit als entartet eingestuft und beschlagnahmt wurden, lagerten in den Kisten. Ein Millionenvermögen. Dazu ein schriftlicher Befehl Görings, die gesamte Ladung zu seinem Gut nach Norddeutschland zu bringen.

Nun, sie hatten es wohl nicht mehr geschafft.

Bei den Kunstobjekten handelte es sich eindeutig um Raubkunst, die von dem Nazi Regime konfisziert wurde. Es wurde vermutet, dass noch weitere versteckte Depots der Sammlung Göring im Bergischen vorhanden sein könnten.

Wagenknecht spürte, wie es bei ihr anfing zu kribbeln, endlich tat sich was. Nachdenklich legte sie das Buch auf den Tisch und dachte an die ermordeten Kunsthändler Mansfeld und Bleibtreu. Mehr denn je war sie überzeugt, dass beide mit Raubkunst schmutzige Geschäfte gemacht hatten.

Genüsslich nahm sie einen Schluck Wein und ließ ihren Gedanken freien Lauf. Sah Licht am Ende des Tunnels, überlegte die nächsten Schritte, die sie gehen musste.

Erleichtert atmete sie auf.

Es ging weiter.

Zwei Personen musste sie umgehend anrufen. Als Erstes entschied sie sich für das dienstliche Telefonat. Nun, der Teilnehmer würde nicht gerade begeistert sein. Wagenknecht grinste schadenfroh. Sie wählte die Nummer und ließ lange klingeln.

Nichts.

Wolfsbach, komm schon.

Beim zweiten Versuch hatte sie Erfolg.

»Ich kann jetzt nicht, ruf morgen noch mal an«, quetschte er heraus und legte auf. Sie wurde nun richtig sauer, ihre Handynummer musste Wolfsbach gesehen haben. Wütend wählte sie erneut, diesmal nahm Wolfsbach bereits nach dem zweiten Freizeichen das Gespräch an.

»Es tut mir leid, ich war beschäftigt«, entschuldigte er sich. »Ich habe jetzt erst gesehen, dass Sie es waren. Gerade wollte ich zurückrufen.«

Wagenknecht hörte im Hintergrund ein Kichern, sie konnte sich gut vorstellen, womit ihr Kriminalassistent beschäftigt gewesen war.

»Wolfsbach, ich habe eine Aufgabe für Sie.«

»Können wir das morgen im Büro besprechen?«

»Nein, können wir nicht, weil Sie ab morgen früh in alle Archivregister vertieft sind, die das Bergische Land und der Rhein-Sieg-Kreis zu bieten haben. Und wenn ich morgen früh sage, meine ich morgen früh, haben wir uns verstanden?«

»Okay, um was geht es?«

Sie erklärte ihm die Sache und machte ihm deutlich, dass er die Archive bis zu dem Zeitpunkt durchforsten müsste, an dem die Nazis angefangen hatten Juden und andere Verfolgte zu enteignen. Wo es die ersten Anzeichen von Raubkunst gegeben habe.

»Genau einen Tag haben Sie Zeit und Wolfsbach,

keine Internet-Recherchen, die Berichte, die wir suchen, sind online nicht verfügbar. Also, schnuppern Sie mal den Staub der Jahrzehnte.«

»Toller Job.« Wolfsbach legte auf.

Amüsiert wählte Wagenknecht die zweite Nummer.

»Elsa Blumberg hier.«

»Guten Tag Frau Blumberg, Kareen Wagenknecht von der Kripo Gummersbach«, meldete sie sich.

»Ach, Sie sind das, von der Carl so schwärmt.«

Wie immer war Elsa sehr direkt.

Wagenknecht musste erst einmal schlucken, bevor sie antworten konnte.

»Frau Blumberg, zum Schwärmen gibt es bestimmt keinen Grund, doch ich bin froh, dass Ihr Mann uns in der momentan angespannten Lage hilft. Seine Erfahrung und seinen Rat können wir wirklich gut gebrauchen.«

Ob es ihre sachlich ruhige Stimme war, oder dass die Chemie stimmte, auf jeden Fall hörte sich Elsa Blumberg schon freundlicher an.

»War nicht böse gemeint, ich hole meinen Mann, er ist im Garten. Aber Frau Wagenknecht, bitte keine Gefahrensituationen, er ist nicht mehr der Jüngste.«

Dann war erst einmal Stille.

Nach einer Weile meldete sich Blumberg.

»Hallo Frau Wagenknecht, entschuldigen Sie, dass Sie warten mussten, aber ich war gerade im Apfelbaum.«

»Kein Problem, soll ich vielleicht später noch mal anrufen?«

»Nicht nötig, gibt es Neuigkeiten?«

»Leider nicht, doch möglicherweise ergibt sich ein Anfangsmuster. Haben Sie schon mal gehört, dass es bei uns im Bergischen zur NS-Zeit so etwas wie Depots gab. Depots, in denen Kriegsbeute oder Ähnliches gelagert wurde?«

Es dauerte einige Sekunden, bis sich Blumberg äußerte.

»Also nicht direkt, doch ich weiß von meinem Onkel Gustav, dass damals gemunkelt wurde, in der Reichskaserne oben im Nutscheid kämen Militär-Transporter mit Zivilgut an. Kaschiert als militärische Ausrüstung. Es gab dann wohl Zwischenfälle, bei denen der wirkliche Inhalt der Kisten zutage kam.«

»Ist bekannt, was mit den Sachen geschehen ist?«

»Nein, damals hat niemand gewagt, auch nur eine Frage zu stellen, und nach dem Krieg wollte keiner zugeben, dass er auch nur in die Nähe der Nazi-Kaserne gekommen ist. Anscheinend ist auch nichts gefunden worden, das hätte man gehört. Aber wie kommen Sie auf dieses Thema?«

»Ich habe da so eine Idee, möchte sie mir aber noch etwas durch den Kopf gehen lassen. Wann gehen Sie morgens mit Ihrem Hund raus?«

Erst dachte Blumberg, er hörte nicht richtig, dann verstand er die Frage.

»Max und ich laufen so gegen zehn Uhr eine Runde ums Lindchen.«

»Prima, ich laufe mit. Treffen wir uns morgen früh um zehn Uhr am Turmstübchen?«

»Wunderbar, Max wird sich freuen.«

Wagenknecht wünschte noch einen schönen Tag

und legte dann auf.

Blumberg war unruhig, seine Überlegungen liefen auf Hochtouren. Bis zum anderen Tag wollte er nicht warten. Ihm kam in den Sinn, das die Hauptkommissarin Kriegsbeute erwähnt hatte.

Ein Wort, das ihm zusetzte.

Etwas schlummerte in ihm, wollte raus, doch er fühlte sich wie zugenagelt. Stirnrunzelnd ging er in den Garten, um den Komposter umzulegen, entschloss sich dann aber doch, Feierabend zu machen. Die Zeit drängte, Wagenknecht stand unter enormen Druck, er musste ihr helfen. Max kam aus dem Haus gehechelt, blinzelte ihn abschätzend an und sprintete zum Ende des Grundstücks. Hochaufgerichtet setzte er sich neben die Bank, die Blumberg dort nach Tante Friedas Tod aufgestellt hatte. War diese Bank mit traumhaftem Blick über das Bergische für Blumberg die Abschaltstation, war sie für Max weit mehr. Er wusste, wenn sein Meister dort Platz nahm, war sein abendliches Leberwurstbrot nicht mehr weit. Danach konnte er dann an diesem Platz so richtig schön vor sich hin duseln. Hier war der Hundehimmel auf Erden.

»Carl, es gibt Abendessen.«

Wie schon so oft dankte Blumberg dem Herrn, dass sie ein so großes Grundstück und damit ausreichend Abstand zu den Nachbarn hatten. Elsas markante Stimme hätte ansonsten rundum die Leute über ihre Gepflogenheiten permanent aufgeklärt. Eigentlich wäre er noch gerne etwas sitzen geblieben, doch Elsa mit dem Abendessen warten lassen, das ging nicht.

»Komm Max, wir müssen.«

Max, mit hoch aufgerichtetem Schwanz, Blumberg mit nachdenklich gesenktem Kopf, trotteten auf das Haus zu. Doch der Duft, der aus der Küche strömte, ließ Blumberg alle Mordfälle der Welt vergessen.

»Max, es gibt Elsas leckere Bratkartoffeln, ich werde verrückt.« Zur Krönung des Ganzen gab es dazu handgeschnittenen Leberkäse mit Spiegeleier obendrauf. Und als Geschmacksabrundung echten Historischen Senf aus der Kölner Senfmühle.

Eines der Leibgerichte von Blumberg.

Max bevorzugte sein Leberwurstbrot ohne Senf, war auch gut.

»Du Carl, die Frau Wagenknecht, die vorhin angerufen hat, die macht aber einen sympathischen Eindruck.«

Elsa sah ihren Carl schräg von der Seite an.

Blumberg tat so, als wenn er den prüfenden Blick nicht bemerken würde, legte sich aus der Pfanne Bratkartoffeln nach, gab frischen Senf dazu und grunzte zufrieden.

»Elsa, du bist die Beste.«

Das ging ihr runter wie Butter. Sie wusste, ihr Mann meinte das auch so.

Thema Wagenknecht war damit erledigt.

»Übrigens Carl, morgen Nachmittag könnte es bei mir etwas später werden, ich bin in Heddinghausen zum Kaffee eingeladen. Du weißt doch, da wohnt die Sofie Seinisch, die in Bad Reichenhall mit mir das Kunstseminar besucht hat. Mit der ich mich so gut verstanden habe.«

Prüfend blickte sie Carl an.

»Das sagt dir noch was?«

»Klar, ist doch toll, macht euch einen schönen Nachmittag.«

»Also, so toll wird das nicht. Die Sofie hat auch die Hilde Dickes eingeladen, die immer so angegeben hat und deren Mann beim Seminar immer nach den Akt Models geschielt hat. Ohne sie wäre es mir lieber gewesen.«

Bei Blumberg stürzte eine Staumauer ein.

»Ist das derjenige, der von seinem Vater einen ganzen Schuppen voll mit Kunstwerken geerbt hat?«

»Genau der.«

»Elsa, du bist die Beste.«

Die Gabel fiel Elsa förmlich aus der Hand, zweimal an einem Abend zu hören, dass sie die Beste sei, da stimmte was nicht.

Misstrauisch blickte sie Carl an.

»Was ist los, Carl?«

»Du kannst mir helfen.«

Elsas Gesichtsausdruck war ein einziges Fragezeichen.

»Ich habe dir doch von dem Mord an dem Kunsthändler erzählt«, erklärte er. »Wir glauben, dass er möglicherweise mit geraubter Kunst, also mit Kunst, die während der Nazizeit den Juden oder auch anderen unerwünschten Personen abgenommen wurde, zu tun hatte. Vielleicht spielte sogar das Bergische eine Rolle in diesem Krimi. Auf jeden Fall scheint festzustehen, dass damals bei uns solche Beutetransporte durchgeschleust, wenn nicht sogar

124

gelagert wurden.«

»Carl, doch nicht hier bei uns im Bergischen, das wüssten wir doch.«

»Nicht unbedingt, bei diesem Thema sind alle taubstumm.«

»Und wie kann ich dir helfen?«

Er erzählte ihr von seinen Überlegungen, während sie immer größere Augen bekam.

»Carl, das meinst du nicht im Ernst?«

»Doch!

Nimm ein Fläschchen von dem süffigen Schlehbusch Likör mit. Nach dem Kaffeetrinken spendierst du dann einige Runden. Du hast doch gesagt, die Hilde Dickes trinkt gerne einen.«

Vergnügt blickte er seine bessere Hälfte an.

»Und sie erzählt dabei doch auch so gerne vom Eingemachten.«

»Also Carl, wie soll ich aus der Hilde solche Familiengeheimnisse herauskriegen, ohne dass es auffällt?«

»Du machst das schon. Auto fahren brauchst du auch nicht, ich bin morgen dein Chauffeur.«

Elsa meldete noch einige Bedenken an, doch er merkte, wie sie Feuer fing, damit lag die Angelegenheit in den besten Händen.

19

Auf dem Lindchen

Wie immer tat ihr die Atmosphäre *Auf dem Lindchen* gut. Das Nümbrechter Waldgebiet rund um den Aussichtsturm mit den wunderschönen Spazierwegen und weiten Blicken übers Bergische hatte es ihr angetan. Hier konnte sie tief einatmen und ihre Alltagsprobleme vergessen. Nach einem turbulenten Arbeitstag ging sie hier gerne mit Hendrik spazieren, quasi als Alternative zu dem Waldgebiet in Oberholzen, das ebenfalls zu ihren Lieblingsorten gehörte.

Heute war mit Abschalten allerdings nichts. Den Kopf voller Gedanken ging sie zum Turmstübchen, wo bereits Blumberg mit Max an der Leine auf sie wartete.

Max jaulte vor Freude, als er sie sah, er hatte es mit ihr. Blumberg jaulte zwar nicht, freute sich aber auch.

»Sie sehen gestresst aus, so schlimm?«

Besorgt blickte er sie an.

Wagenknecht schüttelte den Kopf.

»Gesunder Stress, mir geht es gut, endlich geht es weiter.«

Endlich weiter wollte auch Max. Drängend zog er an der Leine und schielte in Richtung der großen Wiese. Seine Traumwiese. Dort tummelten sich des

Öfteren Rehe. Die zu beobachten war seine Leidenschaft, war spannend. Wenn er sie auch nicht jagen konnte, träumen durfte man ja noch. Er spürte wie sein Chef die Leine länger ließ und endlich ging es los.

»Ich glaube, wir haben möglicherweise einen konkreten Ansatzpunkt.« Wagenknecht fasste Blumberg leicht an der Schulter.

»Das Buch, das ich mir kürzlich gekauft habe, hat mich da auf eine Idee gebracht.«

Blumberg war etwas irritiert, dass sich die Hauptkommissarin aufgrund eines Buches Fortschritte in den Mordfällen erhoffte. Er war gespannt, was kam.

»Seit der Theorie, dass die Morde an Mansfeld und Bleibtreu mit der Raubkunst des Nazi-Regimes zu tun haben könnten, habe ich festgestellt, dass meine Bildung auf diesem Gebiet gleich null ist. Ehrlich gesagt, habe ich mich nie dafür interessiert, eigentlich nicht entschuldbar.«

»Darüber würde ich mir an Ihrer Stelle keine Gedanken machen«, erwiderte Blumberg. »Dieses spezielle Thema ist nur wenigen bekannt. Ich habe den Verdacht, dass diese Geschehen ganz bewusst totgeschwiegen werden.« Er musterte das angespannte Gesicht der Hauptkommissarin.

»Zu viele schwarze Schafe haben nach dem Krieg daran verdient. Selbst hohe Persönlichkeiten wollten nicht unbedingt wissen, dass ihr Kunstwerk im Wohnzimmer von einem Juden stammt, dass der ehemalige Besitzer in einem Konzentrationslager ermordet wurde. Und wie ich den Merzbach verstanden habe, floriert das Geschäft ja immer noch. Für Ihre Generation war das also nie ein wirkliches Thema. Oder Sie hätten sich schon ganz gezielt als Historikerin oder Kunstexpertin mit diesen Dingen befassen müssen.«

»Trotzdem, meine Unkenntnis stört mich. Darum habe ich mir das Buch gekauft, das diese Geschehnisse behandelt. Ich habe das ja schon bei der letzten Besprechung erwähnt. Gestern bin ich dann an einer Sache hängen geblieben.«

Sie erzählte von dem entdeckten Depot in der Nutscheid Kaserne und von der Vermutung, dass es möglicherweise noch andere versteckte Lager aus der Nazizeit im Bergischen geben könnte.

Blumberg blickte sie überrascht an.

»Das ist ja irre, das passt. Bei mir ist auch ein Knoten geplatzt. Was glauben Sie, ist dabei heraus gekommen?«

»Etwa auch ein Depot?«

»Genau. Allerdings eins in einem Gartenschuppen, über sechzig Jahre versteckt.«

»Hier bei uns?«

»In Driesch, auf einem alt eingesessenen Privatgrundstück. Allerdings muss das noch unter uns bleiben, es ist erst eine Vermutung. Bald wissen wir aber mehr.«

»Herr Blumberg«, sie blickte ihn besorgt an.

»Sie machen doch nichts auf eigene Faust und bringen sich dabei in Gefahr?«

Blumberg dachte an das Vorhaben von Elsa und blickte sie schmunzelnd an.

»Also ich bestimmt nicht, wenn überhaupt, dann meine Agentin.«

Abrupt blieb Wagenknecht stehen. Max merkte sofort, dass etwas nicht stimmte. Den Schwanz nach unten geknickt stürmte er auf sie zu und umrundete sie jaulend.

»Max, ist ja gut, es ist doch nichts«, beruhigend strich sie ihm über den Kopf.

»Was heißt hier Agentin?«

»Entschuldigung, das war natürlich nur ein Scherz. Es ist wirklich nichts Dramatisches.« Blumberg erzählte ihr von Elsa, von dem Malseminar, wo sie die Hilde Dickes kennengelernt hatte und dass deren Mann von seinem Vater einen Schuppen voll gepackt mit Antiquitäten und Kunstwerken geerbt hatte. Ein Vermögen, das jahrzehntelang versteckt war. Und das Elsa nun mit einem Fläschchen Schlehbusch Likör versuchte, der Sache auf den Grund zu gehen.

»Nein.«

Wagenknecht prustete los, sie konnte nicht anders.

»Nein, erst das Meisterstück mit der Fuchsjagd und nun Ihre Frau als Miss Marple mit einem Fläschchen Likör auf Recherchejagd.« Sie konnte sich gar nicht beruhigen. Max segnete vor lauter Freude über die wiedergewonnene gute Laune einige Pflänzchen.

»Das glaubt mir keiner, Herr Blumberg, das ist unglaublich. Aber grandios!« Blumberg sah interessiert einem Rot Milan hinterher, der in großen Kreisen über das freie Gelände kreiste. Mit Lob konnte er noch nie gut umgehen.

20

Morgenbesprechung

Montagmorgen, die Truppe sah ramponiert aus. Wolfsbach bleich mit roten Augen, seine Körpersprache strahlte die Energie einer Schnecke aus. Überhaupt sah er aus wie ausgelutscht. Wer weiß, was der für eine Nacht hinter sich hat, ging es Wagenknecht durch den Kopf.

Dagegen wirkte Martin Schlösser ziemlich genervt, wahrscheinlich hatten seine beiden pubertierenden Töchter ihm das Wochenende verdorben.

Richtig gut wirkte Alina Ysum. Ihre großen, dunklen Augen strahlten Ruhe und Zufriedenheit aus, sicher hatte sie ein schönes Wochenende mit ihrem kleinen Kai gehabt. Wagenknecht war froh, dass Alina in ihrer damals verzweifelten Lage das Kind nicht abgetrieben hatte. Und sie hatte ein richtig gutes Gefühl, wenn sie daran dachte, dass sie Alina in manch schwieriger Situation hatte unterstützen können.

Henny Strassfeld verteilte Tassen auf den Tisch, Heike Bachem kam mit einer großen Kanne Kaffee in den Raum. In dem kleinen Vernehmungsraum roch es unangenehm muffig. Es wurde Zeit, dass der größere Konferenzraum fertig wurde. Für mehrere Leute war der besser geeignet. Dabei war Wagenknecht froh, dass überhaupt mal ein paar Euro zum Renovieren locker gemacht wurden. Bei den öffentlichen leeren Kassen geradezu ein kleines Wunder.

Aber nun musste es losgehen, sie brauchten Ergebnisse. Ernst blickte sie in die Runde.

»Wir haben die Obduktionsberichte vorliegen. Mansfeld starb nicht durch Kopfschuss, sondern durch Herzversagen«, begann sie die Gesprächsrunde.

»Das glaube ich jetzt nicht wirklich.«

Heike Bachem sah sie ungläubig an.

»Es ist so. Die Gerichtsmedizinerin hat zweifelsfrei festgestellt, das Mansfeld vor dem Kopfschuss schon tot war. Er ist durch die irrsinnigen Schmerzen der Folterung gestorben. Sein Herz hat da nicht mehr mit gemacht.«

»Diese Schweine.«

Alina hielt sich normalerweise mit solchen Ausdrücken zurück, aber hier konnte sie nicht anders.

»Was muss der arme Mann gelitten haben.«

»Selber schuld.«

Wolfsbach, mitfühlend wie immer.

Wagenknecht ließ sich nicht ablenken.

»Möglicherweise erklärt das auch den Tod von Bleibtreu. Es könnte so gelaufen sein, das Mansfeld starb, bevor er den Killern verraten hat, was sie wissen wollten. Bleibtreu war dann ihr nächstes Opfer.«

Zustimmend blickte Heike Bachem ihre Chefin an.

»Doch sie hatten Pech. Bleibtreu war stockbesoffen und sie konnten nichts aus ihm heraus kriegen«, sagte sie.

»Genau. So könnte es gewesen sein. Ich gehe sogar so weit zu behaupten, dass der Mord an Bleibtreu ein voreiliger Fehler war. Da muss einer ausgerastet sein. Damit haben sie sich die Chance, etwas von Bleibtreu zu erfahren, selbst genommen.«

»Dann ist ja alles gut gelaufen«, kommentierte Wolfsbach.

Wagenknecht wurde sauer.

»Wolfsbach, Ihnen ist doch wohl klar, dass wir hier über den Tod von zwei Menschen reden? Vielleicht sollte man Ihnen mal, nur so zu Ihrem Verständnis, einen Ihrer Fingernägel abreißen und Ihnen, sozusagen als Wellnesskick, eine glühende Zigarette auf Ihre mannhafte Brust ausdrücken.«

»Entschuldigung. So habe ich das natürlich nicht gemeint. Sie haben ja recht.« Betroffen blickte Wolfsbach zu Boden.

»Gut, dann weiter.

Henny«, sie blickte auf den Bodybuilder ihres Teams, »du hast die Ermittlungen im Bielsteiner Bordell geführt. Bitte checke noch einmal den gesamten Abend, an dem Bleibtreu dort erschossen wurde. Siehe dir nochmals alle Videobänder an. Oft kommt ja in einem Abstand zur Erstermittlung doch noch einiges zum Vorschein.«

»Kareen, ist klar. Ich würde auch gerne nochmals diese Viola, die mit Bleibtreu an dem Abend zusammen war, überprüfen.«

»Mach das.

Nächstes Thema.«

Ihre Miene ließ nicht viel Hoffnung in der Runde aufkommen. »Bei der Prüfung der Bildverkäufe der letzten Jahre, die Mansfeld getätigt hat, wurde festgestellt, dass er ordentlich Buch geführt hat. Mit Rechnungsstellung, Zahlungseingänge, Quittungen, Kontoauszügen. Alles seriöse Geschäfte. Und doch ist etwas dabei herausgekommen. Von dem Erlös aus diesen Verkäufen kann er unmöglich gelebt haben. Oder wenn doch, dann mehr schlecht als recht. Und das kann ich mir nicht vorstellen.«

»Andere Einkünfte sind nicht bekannt?«

Heike Bachem sah sie fragend an.

»Nein. In seinen Unterlagen wurde nichts gefunden und die Auskunft seiner Bank ergab auch nichts.«

»Dann ist der Fall klar.«

Oberkommissar Schlösser mischte sich in die Diskussion.

»Mansfeld hat von Schwarzgeld gelebt.«

»Richtig, und hier haken wir ein.«

Wagenknecht zeigte Zuversicht.

»Martin, wo du schon einmal auf das Thema Schwarzgeld gekommen bist, nimm das Leben von Mansfeld auseinander. Seine privaten Verhältnisse, Freunde, Feinde. Sein Liebesleben, Gewohnheiten, Reisen, einfach alles. Irgendetwas muss es geben, das seine dunkle Seite ans Licht bringt. Dass es eine dunkle Seite in seinem Leben gegeben hat, darauf wette ich.

Jetzt zu Ihnen, Wolfsbach. Was hat Ihr Stöbern in den Archiven ergeben?«

»Staub, Staub ohne Ende und ekelhaft klebriges altes Papier. Hoffentlich habe ich mir nichts geholt.«

Seine Mimik sprach Bände.

»Auf irgendetwas müssen Sie doch gestoßen sein, die Nazis waren im Bergischen sehr aktiv.«

»Stimmt, alles Mögliche haben die gemacht, aber von geheimen Depots keine Spur. Von gebunkerter Kriegsbeute nicht der Hauch einer Andeutung.« Mit fahriger Hand tippte er auf sein Tablet ein.

»Doch eines ist sicher, das gesamte Gebiet im Nutscheid rund um die ehemalige Wehrmachtskaserne war absolut geheimes Terrain. Da konnte kein Furz gelassen werden, ohne dass er aufgezeichnet wurde.«

»Na, solange es nicht dein Furz war.« Heike Bachems Abneigung gegen ihn schlug mal wieder durch.

»Danke.« Wolfsbach hörte sich sauer an.

Wagenknecht sah über deren Knatsch hinweg.

»Auf jeden Fall steht fest, oben im Nutscheid konnten die Nazis Dinge lagern, ohne dass die Öffentlichkeit es mitbekam.«

Aufmunternd sah sie ihre Leute an.

»Dann ist da noch was.«

Eigentlich wollte sie es ihrem Team erst später sagen, aber die Zeit drängte.

»Blumberg hat erfahren, dass es in Reichshof ein privates Kunstlager gab. Stellt euch vor, einen ganzen Schuppen voll gestopft mit wertvollen Kunstwerken. Doch wie gesagt, privat. Es kann sich um legale Sammlerstücke gehandelt haben, aber auch um zusammengetragene Raubkunst. Der komplette Bestand wurde vererbt und dann verkauft. Es besteht also kein Anlass, in der Sache offiziell aktiv zu werden.«

»Offiziell nicht aktiv werden.«

Heike Bachem grinste.

»Kareen, du hast doch was vor?«

»Klar, aber nicht wir unternehmen etwas, sondern Blumberg, der hat da so seine Möglichkeiten.«

»Blumberg!«

Wolfsbach setzte schon zu einer scharfen Erwiderung an, hielt dann aber im Hinblick, dass er um gutes Wetter bemüht sein musste, den Mund. Wegen seiner Indiskretion der Reporterin gegenüber hatte er einen ordentlichen Bammel. Er konnte nur hoffen, dass seine Chefin ihre Hand über ihn hielt.

»Noch ein Letztes.«

Wagenknecht nahm ein Blatt aus dem Hefter.

»Heliflight, die Firma, deren Helikopter in Heitsiefen auf dem Hof von Otto Stern gelandet ist, hat bestätigt, dass ein Mann den Helikopter für den Flug von Siegen nach Heitsiefen und retour gemietet hatte. Der Mann gab sich als Sergej Kazkowski aus und hatte einen Personalausweis auf diesen Namen. Die Frau, die mitgeflogen ist, ist direkt am Hangar in den Helikopter eingestiegen. Ihre Personalien wurden nicht festgehalten.« Wagenknecht bemerkte die Spannung im Raum.

»Doch leider ist es so, einen Sergej Kazkowski gibt es nicht, der Ausweis war gefälscht.«

»Unglaublich«, brach es aus Heike Bachem heraus, sie wurde kribbelig. Sie stand auf und ging ein paar Schritte durch den Raum.

»Kareen, wie kommen wir dann verdammt noch mal an diese geheimnisvolle Frau heran? Du hast sie doch auf dem Messestand von diesem Stern gesehen, können wir mit ihrer Personenbeschreibung denn gar nichts anfangen?«

»Alles bereits geschehen, sie ist eine Luftnummer.«

»Es ist aber auch wirklich zum Mäuse melken.«

Heike Bachem machte einen mächtig frustrierten Eindruck.

21

Industriepark Engelskirchen

In dieser Nacht hätte man keinen Hund vor die Tür jagen können. Es goss wie aus Eimern geschüttet, der Wind peitschte durch die Bäume, Blitze schossen wie gigantische Laserstrahlen über Engelskirchen. Bei dem nachfolgenden Donner verkroch sich jeder Hund, der etwas auf sich hielt, unter die Ofenbank. Über dem Bergischen tobte eine Gewitterfront, wie selbst die Alteingesessenen eine solche selten erlebt hatten.

In Engelskirchen war der Industriepark wie ausgestorben. Selbst die Kneipe *Zur Schmiede* hatte den Zapfhahn nach oben gedreht und schon früh die Jalousien heruntergelassen.

Langsam bog die Limousine in die Industriestraße. Der schwarze, schwere Wagen verschmolz mit der stockfinsteren Nacht, eine geradezu gespenstische Atmosphäre überlagerte die alten Industriegebäude. Vor dem doppelflügeligen altmodischen Gittertor erlosch das Abblendlicht und drei Männer in schwarzen Overalls stiegen aus. Einer zeigte auf die verrostete Kette, die durch die beiden Torflügel gezogen war. Mühelos wurde sie mit einem Bolzenschneider durchtrennt. Die Männer drückten das Tor auf und untertourig rollte der Wagen leise auf das Betriebsgelände. Vor einer Seitentür am Ende der

Lagerhalle kam der Wagen zum Stehen. Das Knacken des alten BKS-Schlosses geschah dann fast geräuschlos. Mit langen Stemmeisen und Stablampen ausgerüstet, gingen die Männer in die Halle und checkten systematisch den Lagerbestand.

»Öffnet alle Kisten und wenn ihr was findet, das nach Kunst aussieht, sortiert es aus. Und seid vorsichtig, es darf nichts beschädigt werden«, ordnete der Chef der Truppe an. »Ich filze in der Zeit das Bürogebäude. Sollte Boris sich von draußen melden, Licht aus und abwarten, ihr macht nichts ohne mein Okay.«

»Sind wir Anfänger oder was?«

Der Kleinste des Trios hörte sich aggressiv an.

»Nein, aber du Serge, bist mir zu impulsiv. Also nochmals, keine Alleingänge.«

Dann lief alles wie im Film ab. In der Halle wurden die flachen Kisten routiniert aufgedeckt, die Holzwolle entfernt und nach Prüfung des Inhalts die Kisten fluchend zur Seite geschoben. Im Büro ging es ähnlich zu. Ein Ordner nach dem anderen landete auf der Erde. Ein gelegentliches »Scheiße« ließ ahnen, dass es nicht so lief, wie es sollte. Nichts wies darauf hin, dass die Firma Stern außer mit billigen, geschmacklosen Nippes Figuren auch mit Kunst handelte. Frustriert wollte sich der Mann den Computer vornehmen, als sein Handy vibrierte.

»Boris.«

»Was ist los?«

»Security steht vor dem Tor und betrachtet die kaputte Kette.«

»Wie viel Mann?«

»Einer.«

»Bleib im Wagen, vielleicht fährt er wieder. Sollte er sein Handy benutzen, müssen wir verschwinden.«

»Du kannst hellsehen, er hat das Ding bereits in der Hand, er geht zu seinem Wagen.«

»Scheiße aber auch, wir kommen raus. Du gehst zum Tor und gibst dem Typ eins auf die Mütze. Er darf uns nicht sehen.«

»Mach ich doch mit Vergnügen.«

Der Mann wurde nervös, er kannte Boris.

»Du schaltest ihn nur für kurze Zeit aus, hast du verstanden?«

»Klar doch, nur halbe Kante.«

Wütendes Hundegebell unterbrach ihr Gespräch. Boris, der vor dem Wagen stand, sah, wie ein Hund auf ihn zugeflogen kam und hatte gerade noch Zeit die Eisenstange vom Fahrersitz zu nehmen.

Der Schäferhund hatte keine Chance.

In dem Moment, wo er nach dem Bein von Boris schnappte, schlug dieser ihm mit brutaler Gewalt das schwere Eisen auf den Schädel. Wimmernd brach das Tier zusammen.

»Sie Schwein, Sie.«

Rasend vor Wut stürzte sich der Mann vom Sicherheitsdienst auf Boris und hob das Pfefferspray. Bevor er aktiv werden konnte, sah er noch die Eisenstange, dann war nichts mehr.

»Weg hier, nichts wie weg.«

Der Boss der Truppe blickte wütend auf den Mann am Boden. Die dunkle Lache am Kopf sagte ihm alles.

»Verdammt Boris, musste das sein?«

»Chef, es ging alles zu schnell, der Idiot wollte mir mit Pfefferspray kommen.«

»Deshalb brauchtest du ihn doch nicht gleich alle zu machen, so eine verdammte Scheiße. Aber jetzt weg hier, das Gebell könnte einer gehört haben, der es genau wissen will.«

22

Nümbrecht

Mit Max an der Leine kam Blumberg vom Aussichtsturm und ging durch den Kurpark in Richtung Lindchenweg. Interessiert sah er zu einigen Personen hin, die sich nach dem Abendessen, gestützt auf ihre Gehhilfen, noch einen Spaziergang gönnten. Einige kannte er seit Wochen vom Ansehen her. Es war deutlich, täglich ging es ihnen besser. Die Therapien der Reha Klinik schienen voll zu greifen.

Ein Segen für die Patienten.

Kurz vor seinem Haus im Lindchenweg hörte er bereits Elsa. Sie musste sich auf der Terrasse aufhalten und war am Telefonieren. Unverkennbar ihre markante Stimme.

Blumberg ließ Max von der Leine und beschleunigte die Schritte. In seinem Bauch machte sich ein Kribbeln bemerkbar, ein Zeichen, dass sich was bewegte. Nach dem Unwetter der vergangenen Nacht war es auf den Waldwegen extrem matschig gewesen, entsprechend sahen er und Max aus. In der Garage rieb er den Hund gut ab und vertauschte seine verdreckten Klepper Stiefel gegen bequeme Birkenstock Sandalen. Elsa musterte sie dann auch erst einmal ausgiebig. Anscheinend fiel das Urteil günstig aus, sie durften die gute Stube betreten.

»Carl«, ihre Augen glänzten verdächtig.

»Das war ein richtig schöner Nachmittag, ich habe mich gerade nochmals bei der Sofie bedankt. Und mein Schlehbusch Likör war echt der Knaller.«

Am liebsten hätte er direkt gefragt, ob sie etwas über die geerbten Kunstobjekte erfahren hatte, hielt sich aber zurück. Elsa musste erst einmal Dampf ablassen.

»Carl, die Sofie mit ihrem Mann wohnen in Heddinghausen wirklich schön. Das Haus ist ein altes typisch bergisches Bauernhaus, so mit Stall und allem drum und dran. Alles modernisiert und top in Schuss. Aus dem Stall hat sich die Sofie ein schönes Atelier gemacht, also Geschmack hat die ja wirklich.«

»War die Hilde Dickes auch da?«

Blumberg tastete sich langsam vor.

»Ja, leider. Die hat wieder nur angegeben. Sobald die Sofie uns etwas zeigte, worauf sie besonders stolz war, sie hat viel selbst gemacht, fiel ihr die Hilde jedes Mal ins Wort und meinte, sie hätte das ja auch, natürlich noch besser. Also, es war schon direkt peinlich. Ich glaube, die wird auch nicht mehr eingeladen.«

»War dein Schlehbusch Likör erfolgreich?«

»Durchschlagend.«

Elsa blickte ihn verschmitzt an.

»Ich musste natürlich behutsam vorgehen, schon wegen der Sofie. Die durfte ja nicht merken, dass ich die Hilde ausquetschen wollte, aber es ergab sich dann schon fast alles von alleine. Als ich nach der dritten Runde Likörchen die Hilde fragte, ob die geerbten

Kunstwerke, die sie in ihrem Haus hat, auch gut versichert sind, war die nicht mehr zu bremsen.

Nicht ein Stück hätten sie behalten, behauptete sie. Von den alten Dingern wollte sie keines im Haus haben. Nur ihre eigene Kunst wollte sie in ihren vier Wänden sehen.«

Elsa tippte mit dem Finger an ihre Stirn.

»Carl, die und eigene Kunst. Für den Schrott, den die fabriziert, kriegst du auf dem Flohmarkt noch nicht mal einen Euro.«

»Und wie ging es weiter?«

»Carl, nun dräng mich doch nicht so, der Nachmittag war schon anstrengend genug.«

Dass ihr augenscheinlich das Likörchen auch geschmeckt hatte, darauf ging Blumberg lieber nicht ein.

»Also, der Mann von der Hilde, ich glaube der heißt Heinz, hat die geerbten Sachen von einem Kunsthändler schätzen lassen. Der hat dann einen so hohen Wert ermittelt, dass die Dickes aus allen Wolken gefallen sind.«

»Haben die noch ein zweites Gutachten eingeholt?«

»Da hat die Hilde nichts von gesagt, ich glaube aber eher nicht. Der Kunsthändler hatte angeboten, die komplette Sammlung als ein Packet, oder wie man das auch immer nennt, zu kaufen.«

»Kann ich mir gut vorstellen, der hat dann seinen Reibach gemacht. Garantiert hat der das Vielfache von dem erhalten, was er den Dickes gezahlt hat«, meinte Blumberg.

»Trotzdem, Carl. Dass die an den verkauft haben,

kann ich irgendwie verstehen. Der Mann von der Hilde scheint keinen blassen Schimmer von Kunst zu haben. Sie ließ durchblicken, dass sie heilfroh waren, als die Sachen aus dem Haus waren. Ich glaube, die hatten ganz schön Bammel wegen der Herkunft des Erbes. Der Vater von dem Heinz war doch ein einfacher Waldarbeiter gewesen. Und dann so eine Sammlung, das ist ja wirklich spektakulär.«

»Elsa, das hast du perfekt gemacht.«

Blumberg strahlte.

»Schade, dass wir nicht den Namen des Kunsthändlers kennen.«

»Carl, wofür hältst du mich?«

Elsa sah ihn triumphierend an.

»Meinst du, nur ihr von der Kripo seid das Gelbe vom Ei? Andere Leute können auch mitdenken.«

»Sag jetzt nicht, du hast den Namen heraus bekommen?«

»Klar, warte mal, den habe ich mir heimlich auf eine Serviette geschrieben. Du weißt ja, Namen kann ich mir einfach nicht merken. Sie ging zur Garderobe und kam mit ihrer Handtasche zurück. Blumberg bekam Stielaugen, als er sah, wie Elsa darin herumkramte.

»Hier«, sie schwenkte eine Blümchenserviette, »hier steht es. Mansfeld heißt der Mann, Kunsthändler in Köln. Mit dem hatten die Dickes zu tun.«

Jetzt hätte Blumberg echt einen Reichshofer Wacholdergeist vertragen können.

»Das ist ja unglaublich.

Elsa, das ist der Mann, den Max und ich auf der Krombacher Aussichtsplattform gefunden haben.

Ermordet, ich habe dir davon erzählt.«

»Das ist ja ein Ding, Carl.«

Elsa ließ sich auf die Eckbank plumpsen.

»Das darf doch nicht wahr sein.«

»Ist aber so.«

»Du heiliger Schreck, wenn das die Dickes erfahren, schlafen die keine Nacht mehr. Aber Carl, das mit dem Mord, das stand doch in der Zeitung und kam auch im Radio. Da war aber keine Rede von einem Mansfeld.«

»Stimmt, das wurde bewusst verschwiegen, wegen den Ermittlungen und so.«

»Was ist die Welt doch schlecht.«

Elsa kriegte sich gar nicht ein.

»Dann kann es ja sein, dass die Kripo noch bei den Dickes auftaucht.«

»Mit Sicherheit. Ich muss das an die Hauptkommissarin weitergeben. Sie wird Näheres wissen wollen.«

»Mein Gott noch, dann müssen die Dickes ja vielleicht noch nachweisen, was sie alles verkauft und wie viel Geld sie bekommen haben«, stöhnte Elsa.

Blumberg wusste, wenn seine Frau den Chef im Himmel erwähnte, hing ihr Schweres auf der Seele.

»Außerdem«, er kraulte nachdenklich den genussvoll grunzenden Max, »wird das Finanzamt davon Wind bekommen. Sie werden nachprüfen, ob die Erbschaft versteuert wurde.«

»Mein Gott noch.«

Elsa war fassungslos.

»Hilde und ihr Mann können ja richtige Schwierigkeiten bekommen.«

»Schlimmer Elsa, es kann viel schlimmer kommen. Wenn es so ist, wie ich vermute, dass nämlich diese spektakuläre Erbschaft deiner Hilde Raubkunst ist, die während der Nazizeit zusammengetragen wurde, fängt die Jauche an zu dampfen, aber richtig. Dann können unter Umständen von den Familien der ehemaligen Besitzer Ansprüche gestellt werden.«

»Carl, das ist nicht meine Hilde. Trotzdem tut sie mir leid. Sorge nun ja dafür, dass die nicht erfährt, dass ich ihr Familiengeheimnis ausgeplaudert habe.«

»Klar, kein Problem. Wir halten dich da raus. Und nun beruhige dich, noch ist ja alles gut. Vielleicht ist ja alles korrekt und rechtens gelaufen, dann haben die Dickes doch nichts zu befürchten.«

»Hoffentlich Carl, sonst mache ich mir schon Vorwürfe, dagegen kann ich nicht an.« Sie war geschafft. Spontan beschloss Blumberg, mit ihr essen zu gehen, das würde sie ablenken.

»Elsa, wir vergessen jetzt erst einmal das Ganze und machen uns einen schönen Abend«, sagte er. »Zieh dich an, wir gehen lecker essen.«

Elsa überlegte kurz und nickte zustimmend. Etwas Abwechslung würde ihr guttun.

23

Engelskirchen, Export Import

Lisa Tönges kam in die Gaststätte, ging stracks in die Küche und setzte mit einem Ruck den schweren Eimer auf den Tisch. Sie hatte das Gefühl, ihre Arme wären um einiges länger geworden, dass Kartoffelbrei so schwer sein könnte, hätte sie nicht gedacht. War ja auch das erste Mal, dass sie Reibekuchen aus Fertigbrei machte. Eigentlich war sie für ihre Reibekuchen aus handgeriebenen Kartoffeln weithin bekannt. Marke Bergisch Pur, doch heute ging das nicht.

Es war die Hölle los. Seit der Rentner mit seinem Hund auf dem Gelände der Firma Stern erschlagen wurde, kamen immer wieder Neugierige, die Kneipe war ständig überfüllt. Da blieb keine Zeit für hausgemachte Reibekuchen.

Jupp Tönges, der Wirt *Zur Schmiede*, spinkste vorsichtig in die Küche.

»Lisa, ab wann kann ich den Gästen etwas zu essen anbieten?«

»Ab zwölf Uhr gibt es was, eher ist nicht drin. Und heute gibt es nur Reibekuchen und wenn es schneller gehen soll, musst du mir beim Backen helfen.«

»Würde ich ja gerne, aber ich schaffe es kaum, dass Bier schnell genug zu zapfen, die saufen heute wie die Löcher.«

»Kann ich mir vorstellen, man hat ja auch nicht alle Tage einen Toten vor der Tür liegen, das ist ja hier wie im Wilden Westen.«

»Aber fürs Geschäft ist es ja nun richtig gut.«

Feixend blinzelte Jupp Tönges seiner Frau zu und verzog sich hinter dem Tresen. Durch die Kneipenfenster sah er überall Blaulicht, der komplette Industriepark war abgesperrt. Er fragte sich, wie viele Leute da wohl im Einsatz waren. Aber egal, von ihm aus konnte das noch lange so weiter gehen, das Geschäft blühte wie seit Karneval nicht mehr.

»Damit hätte ich jetzt wirklich nicht gerechnet«, Wagenknecht zeigte auf das vermockte Gebäude.

»Dass ausgerechnet bei dieser Firma eingebrochen wird und das im Zusammenhang mit einem Mord, das überrascht mich nun wirklich.«

»Und den armen Hund haben sie auch gekillt.«

Heike Bachem zeigte auf den kleinen Körper unter der grauen Plane.

»Das waren richtig brutale Typen.«

»Wie sieht das mit dem Inhaber der Firma aus, wann ist der hier?«, fragte Wagenknecht.

»Er müsste jeden Moment kommen, Martin hat ihn vor einer halben Stunde angerufen. Von Wiehl bis hier ist es ja nicht weit.«

»Stern war zu Hause?«

»Ja, und der muss wohl, als er hörte, was hier geschehen ist, ausgeflippt sein. Wobei Martin den Eindruck hatte, dass ihn der Einbruch in seine Firma weit mehr interessierte als der Tod des Mannes.«

»Kann ich mir vorstellen, der hat jetzt Angst, dass wir uns seine Firma mal genauer ansehen.«

»Weiß der eigentlich«, Schlösser hatte sich zu den beiden Kolleginnen gestellt und zeigte auf den Porsche, der vor der Absperrung gehalten hatte, »dass wir von seinem Hof in Heitsiefen wissen?«

»Nein, und kein Wort darüber, das halten wir erst einmal zurück«, bestimmte Wagenknecht.

»Ist das etwa seine Frau?«

Überrascht blickte Schlösser auf die gutaussehende Blondine, die den Firmeninhaber begleitete.

»Die passt doch überhaupt nicht zu ihm.«

Die Antwort blieb offen. Otto Stern kam auf sie zu und blickte erstaunt auf die Hauptkommissarin.

»Das ist aber eine Überraschung.«

Anzüglich sah er sie an.

»Auf meinem Messestand konnten wir ja leider nicht zur Sache kommen.«

Am liebsten hätte Wagenknecht ihm eine gescheuert.

Otto Stern stellte dann die Frau an seiner Seite vor.

»Frau Janakowa ist meine Sekretärin und wird sofort überprüfen, ob in den Büroräumen etwas fehlt.«

Wagenknecht machte auf stur dienstlich.

»Sie können jetzt weder in Ihre Büroräume noch überhaupt in Ihre Firma. Die Kollegen müssen da erst einmal ihre Arbeit machen. Bis dahin bleibt alles abgesperrt.«

Stern wurde knallrot im Gesicht.

»Das ist meine Firma, ich muss feststellen, was beschädigt wurde oder ob etwas fehlt. Schon alleine wegen der Versicherung.«

»Nein, nicht jetzt.«

Wagenknecht trat einen Schritt zur Seite und zeigte zum hinteren Gebäude.

»Sie werden mich jetzt beide begleiten und sich den Toten ansehen. Sie müssen ihn eigentlich kennen, der Mann drehte doch jeden Tag hier seine Runden. Und vielleicht fällt Ihnen ja auch was dazu ein, warum in Ihrem Lagerraum alle Warenkisten geöffnet und ihr Büro durchsucht wurde.«

»Hoffentlich haben die ihre dreckigen Finger von meinem Schreibtisch gelassen, da sind private Dinge drin«, gab die Janakowa von sich, sie wurde zunehmend nervös.

Abschätzend sah Wagenknecht sich die blonde Schöne, wie Blumberg sie nannte, genauer an. Sie sah in der Tat gut aus. Jung, eindrucksvolles gut geschnittenes Gesicht, tolle Figur. Der harte Zug um ihren Mund und die kalten, polarblauen Augen zeigten aber noch mehr. Diese Frau würde alles tun, um ihre Ziele zu erreichen. Und was sie tat, um ihre Stellung bei diesem Otto Stern zu halten, war ziemlich eindeutig.

»Dein Kram interessiert hier keinen, komm wir sehen uns den Toten mal an«, motzte Otto Stern. Er fasste sie gereizt am Ärmel und zog sie mit sich. Belustigt beobachtete Wagenknecht, wie die Frau mit ihren Stöckelschuhen über das grobe Pflaster eierte.

Die Ermittlungen fielen aus wie befürchtet. Durch das Unwetter, das zu dem Zeitpunkt der Tat tobte, wurden alle Spuren weggespült. In der Lagerhalle und im Büro fand die Kriminaltechnik auch nichts. Es war deutlich, hier waren Profis am Werk gewesen. Mit hoher Wahrscheinlichkeit eine Bande, die derzeit das Bergische unsicher machte, vermutete Wagenknecht. Ihre Beuteobjekte waren Firmengebäude in der Nähe einer Autobahnabfahrt. Runter von der A4, ein schneller Bruch und ebenso schnell wieder weg. Nur der tote Wachmann passte nicht in dieses Konzept. Richard Zimmer, ein alleinstehender Rentner, war zur falschen Zeit am falschen Ort gewesen.

Otto Stern war nervös, das war nicht zu übersehen. Wagenknecht war sich sicher, dass er Probleme auf sich zukommen sah, nur hatte sie keine Ahnung wie die aussehen könnten. Und sie hatte keinen Grund, ihm auf die Pelle zu rücken, noch nicht. Bei dem Gedanken, ob sie ihn darüber informieren sollte, dass sein Bruder Paul in Köln und im Bergischen gewesen war und plötzlich verschwunden ist, wurde sie unsicher. Der Umstand, dass die Brüder zerstritten, wenn nicht sogar verfeindet waren, machte die Sache nicht einfacher.

Nein, es ging nicht, entschied Wagenknecht. Otto Stern durfte von der Anwesenheit seines Bruders noch nichts erfahren. Wer weiß, wie er reagieren würde. Und wenn er selbst mit dem Verschwinden zu tun hatte, würden sie ihn nur warnen.

24

Wiehler Brauhaus

Es war genau die richtige Atmosphäre, um Elsa auf andere Gedanken zu bringen. Freitagabend, dass erst kürzlich neu eröffnete Wiehler Brauhaus platzte aus allen Nähten.

Der Wirt hatte es geschafft, die seit Jahren heruntergekommene Kneipe wieder attraktiv zu machen. Seine Philosophie, rustikale Küche zum kleinen Preis anzubieten, war eingeschlagen wie eine Bombe. Von Grund auf renoviert, waren die nikotingelben Wände und Decken saubereren, weißen Flächen gewichen. Neues bequemes Mobiliar, angenehmes Licht, es herrschte eine gemütliche Atmosphäre.

Blumberg fühlte sich sofort wohl.

»Wenn ich bedenke, wie es vor Jahren hier aussah, als ich mich mit bergischen Kollegen getroffen habe«, meinte er beeindruckt, »hat der neue Pächter alles klasse renoviert.«

»Dabei ist der noch gar nicht so alt«, äußerte sich Elsa. »Da soll mir mal einer was über unsere jungen Leute sagen.«

»Junge Leute ist gut, Elsa. Dies ist die Generation, die heute das Geschehen bestimmt.«

Carsten Lierfeld, der Wirt, kam an ihren Tisch und

begrüßte sie herzlich als neue Gäste. Auf ihr Kompliment hin, wie schön alles geworden sei, erzählte er von den Sanierungsmaßnahmen und dass er jetzt auch Erzquellbiere, die in Bielstein gebraut wurden, im Ausschank hatte. Anschließend stellte er ihnen noch seine Frau vor. Sie war für den Service zuständig.

Bei der Speisewahl entschied Elsa sich für den Bergischen Pfannkuchen, Blumberg freute sich auf das Jägerschnitzel mit allem drum und dran.

»Die Wirtsleute sind aber nette Leute, und die Frau macht einen sauberen, adretten Eindruck«, meinte Elsa. Sichtlich zufrieden, hatte die neue Stammkneipe ihren Segen.

»Das ist ja nun wirklich eine Überraschung.«

Freudestrahlend blickte Wagenknecht auf das Ehepaar Blumberg. An ihrer Seite stand ein hochgewachsener, schlanker Mann, Mitte vierzig. Sie stellte ihn als ihren Lebensgefährten vor. Hendrik Lahnstein machte einen legeren, ausgeglichenen Eindruck. Blumberg vermutete, dass er der ruhende Pol in der Beziehung war. Die beiden setzten sich mit an den Tisch und schon nach kurzer Zeit war klar, dass die Chemie zwischen ihnen stimmte.

Besorgt registrierte Blumberg, dass die Hauptkommissarin ziemlich mitgenommen aussah. Dunkle Ringe unter ihren Augen zeigten die Belastung, der sie momentan ausgesetzt war.

»Eigentlich wollte ich noch in die Dienststelle«, meinte sie, »aber Hendrik hat mir gedroht, mit einer anderen Frau auszugehen, wenn ich nicht mitkäme.«

Neckisch stupste sie ihren Hendrik an.

»Dieses Risiko konnte ich natürlich nicht eingehen.«

»Kenn ich.«

Elsa kam in Fahrt.

»Mein Carl war auch oft tage- und nächtelang unterwegs, ich habe mir dann sein Foto aufs Nachtkommödchen gestellt damit ich noch wusste, wie er aussieht.«

Blumberg verschluckte sich an seinem Zunftkölsch. Ein anderes Thema war angesagt, sofort. Wenn Elsa ihn »mein Carl« nannte, kam Eingemachtes auf den Tisch.

Heute nicht.

»Was sagt Ihr denn zu dem Kunstskandal, der aktuell durch alle Medien gezogen wird?«, fragte er.

Das war das Thema.

Hendrik Lahnstein war sofort Feuer und Flamme.

»Sie meinen die Sache mit den über tausend Bildern, die in einer Privatwohnung Jahrzehnte lang versteckt wurden?«

»Genau.«

»Das ist ja kaum zu glauben. Man muss sich das mal überlegen: Da hortet ein Mann Kunstwerke von Malern wie Dix, Barlach, Chagall und anderen bekannten Künstlern. Die Sammlung wird auf über eine Milliarde Euro geschätzt. Unvorstellbar so was!«

Elsa, die Künstlerin, schaltete sich ein.

»Ich habe die Sache im WDR verfolgt. Das mit dem Wert von über eine Milliarde Euro wird sich ja erst noch zeigen müssen. Was ich aber schäbig finde ist, dass es in dieser Sammlung Bilder gibt, die während der Nazizeit jüdischen Besitzern geraubt und bis heute versteckt wurden.«

Blumberg glaubte es nicht. Elsa beschäftigte sich mit dieser Geschichte. Mit ihm hatte sie kein Wort darüber gesprochen.

Sie ignorierte seinen erstaunten Blick und wandte sich wieder Lahnstein zu.

»Das Schärfste ist, dass die Staatsanwaltschaft, die schon seit Jahren die Sammlung beschlagnahmt hat«, sie blickte ihren Carl an, als wenn er dafür verantwortlich wäre, »sich in würdevolles Schweigen hüllt. Bis heute hat sie es nicht für nötig gehalten, die Bilder öffentlich zu zeigen.

Unglaublich.

Ein Skandal ist das, ein Verbrechen an die rechtmäßigen Besitzer der Kunstwerke. Und keiner traut sich, den Hüter des Gesetzes mal ordentlich auf die Füße zu treten, damit sie die Bilder rausrücken. So was kann man doch einfach nicht verstehen.«

Ehe Elsa noch mehr in Rage geraten konnte, wurde das Thema durch die Wirtin, die das Essen brachte, unterbrochen.

Blumberg dankte im Stillen der Küche.

Elsa blickte mit großen Augen auf ihren Pfannkuchen. Ausgebacken auf Randtellergröße, gespickt mit Sardellenspitzen, herzhaften bergischen Käse und als Krönung mitten drin eine Lachsrosette.

»Carl, wenn ich den gegessen habe, brauche ich einen Schnaps.«

Sie war hin und weg.

»Ist in Ordnung, wir lassen den Wagen stehen. Wir

nehmen ein Taxi.«

Es schmeckte umwerfend gut. Wagenknecht und ihr Lebensgefährte hatten sich Reibekuchen mit Lachs und dazu bergisches Schwarzbrot bestellt. In sein Jägerschnitzel hätte Blumberg sich reinsetzen können. Und da Hendrik sich bereit erklärt hatte zu fahren, gönnte sich auch Wagenknecht nach dem Essen einen Reichshofer Wacholdergeist. Der räumte auf, machte den Magen wieder fit.

Die Stimmung war so richtig schön locker.

Lahnstein ließ durchblicken, dass er aus Kiel käme und seit drei Jahren Lehrer am Wiehler Gymnasium sei.

Elsa schwärmte, dass sie seit dem Umzug ins Bergische, sich ganz der Malerei widmete.

»Ich weiß auch nicht warum, aber als wir noch in Köln wohnten, ist mir der Gedanke, einmal selbst den Pinsel in die Hand zu nehmen, nie gekommen«, meinte sie.

»Die Natur hier inspiriert einen ungemein.« Lahnstein hatte da seine Erfahrungen. »Wenn ich meinen Schülern im Kunstunterricht das Thema stelle, ihre Eindrücke, die sie in der Natur erhalten, einmal in einem Bild darzustellen, gibt es zwei Erkenntnisse.«

»Ach«, Elsa hing an seinen Lippen.

»Stelle ich die Aufgabe im Klassenraum, kommen nur flache, lustlose Arbeiten zustande. Gehe ich aber mit der Klasse raus in die Natur, entstehen richtig schöne Bilder mit einer tollen Aussagekraft.«

Elsa war ganz auf seiner Linie.

»So geht es mir auch. Das muss damit zu tun haben,

dass die vielen Eindrücke, die draußen auf einen einwirken, verarbeitet werden müssen.«

Die beiden vertieften sich in ihre Philosophien, was Blumberg zum Anlass nahm, sich mit der Hauptkommissarin über den Kunsthandel allgemein, wie auch über die kriminellen Machenschaften in dieser Branche zu unterhalten.

»Übrigens, in der Sache, wo meine Agentin aktiv war«, schmunzelnd linste Blumberg zu Elsa hinüber, »hat sich was Interessantes ergeben. Ich hätte Sie deshalb morgen früh angerufen.«

»Jetzt bin ich aber gespannt.«

Wagenknecht leerte ihr Kölsch Glas und glaubte Hoffnungssterne am Himmel zu sehen.

»Also, Heinz Dickes, der Erbe dieser mysteriösen Kunstsammlung, die er nach dem Tod seines Vaters in einem Schuppen entdeckt hat, hat diese als ganzes Paket an Mansfeld verkauft. Und das zu einem Preis, der den Dickes ein sorgenloses Leben ermöglicht.«

»Wahnsinn.«

Ruckartig lehnte sich die Hauptkommissarin zurück.

»Darauf brauche ich noch einen Schnaps. Nein, ich gebe eine Runde.« Sie winkte der Kellnerin, bestellte und sah Blumberg zuversichtlich an.

»Das eröffnet neue Perspektiven. Endlich haben wir den Beweis, das Mansfeld krumme Dinger gedreht hat. Bei der Prüfung seiner Geschäftsunterlagen hätten wir ja sonst etwas über diesen Ankauf finden müssen. Auch das Geld muss er irgendwo gebunkert haben. Doch es gibt keine Buchung, rein gar nichts.«

»Krumme Dinger im großen Stil.«

Blumberg sah den Umfang der Hehlerei klar vor sich.

»Stellen Sie sich mal vor, was Mansfeld an Kapital eingesetzt haben muss. Er hat mit einer Menge Schwarzgeld gearbeitet und das Geschäft garantiert nicht alleine durchgezogen.«

»Na, dann Prost!«

Wagenknecht hob ihr Glas, blickte Hendrik entschuldigend an und kippte den Schnaps in einem Zug weg.«

»Also doch organisiertes Verbrechen.«

Blumberg sprach es aus, als wenn er Bauchschmerzen bekäme.

»Und dann ist etwas geschehen, dass Mansfeld in Ungnade hat fallen lassen.« Wagenknecht war sich da sicher. »Und Bleibtreu hing garantiert mit drin.«

»Jetzt müssen wir nur noch Otto und Paul Stern einnorden«, stellte Blumberg fest.

»Aber nicht mehr heute.«

Wagenknecht blickte ihn entschuldigend an.

»Mein Speicher ist voll.«

Sie bat um die Rechnung, wobei sie die Blumbergs als ihre Gäste betrachtete.

»Dann dürfen wir Sie beide demnächst aber bei uns zu Hause begrüßen. Aus Tante Friedas Rezeptbuch werde ich uns dann etwas Leckeres kochen«, lud Blumberg daraufhin ein.

»Sehr gerne.«

Hendrik Lahnstein sagte sofort zu.

»Wenn ich darf, würde ich gerne helfen. Kochen

entspannt mich ungemein. Und Ihre Bilder, Frau Blumberg, kann ich doch sicherlich auch mal sehen, die interessieren mich wirklich.«

Elsas glänzende Augen sagten Blumberg alles. Wagenknecht und ihr Lebensgefährte waren willkommen. Er war richtig erleichtert, dass sie die Hauptkommissarin mochte, er hatte da schon seine Befürchtungen gehabt.

Alles war gut.

25

Refrath, Königsforst

»Kareen, ich habe da was, das uns bei Mansfeld vielleicht weiter bringt.«

Überrascht blickte Wagenknecht von ihrem Laptop hoch.

»Alina, das wäre es, das könnten wir dringend gebrauchen. Unsere Jungs und die Heike sind seit gestern pausenlos an dem Thema Mansfeld dran. Doch keine neuen Erkenntnisse. Es ist einfach nichts zu finden.«

»Er führte möglicherweise ein Doppelleben.«

»Was? Jetzt bin ich aber gespannt, ich hole uns mal einen Kaffee.«

Wagenknecht ging in den Sozialraum zu der eingebauten kleinen Küche und goss aus der Kaffeekanne zwei große Tassen ein. Für Alina mit viel Milch, sie selbst trank den Kaffee schwarz. In ihrem Büro machte sie die Tür zu, ein Zeichen, dass sie nicht gestört werden wollte.

»Alina, schieß los.«

»Es war reiner Zufall. Als ich heute Morgen Kai zum Kindergarten brachte, traf ich unterwegs einen Verwandten. Er wollte sich in der Nähe eine Wohnung ansehen. Mein Vetter ist einer der wenigen, die keine Probleme damit hatten, dass ich von einem Deutschen ein Kind bekam. Er selbst will jetzt mit seiner deutschen Freundin zusammenzuziehen.«

»Hast du ihm gesagt, dass du bei der Kripo arbeitest?«

»Ja, das war auch der Grund, warum wir auf die Morde hier bei uns zu sprechen kamen. Und stell dir vor, er hat Mansfeld in der Zeitung erkannt. Er sagte, im Winter hätte er immer vor dem Mansfeld seinem Anwesen Schnee geschippt. Bürgersteig und so.«

»Na, in Köln wird das ja nicht so oft gewesen sein.«

»Kareen, das ist der Punkt. Nicht in Köln, sondern in Refrath, in einer ganz noblen Gegend. Mein Vetter macht da für die reichen Bonzen den Winterdienst.«

»Das glaube ich jetzt nicht.«

Wagenknecht fühlte, wie sich vor Anspannung ihr Bauch verkrampfte.

»Das hätten wir doch gewusst.«

»Nicht unbedingt, das Haus gehörte der Lebensgefährtin von Mansfeld, einer Carolina von Wolfskopf. Der Name steht auch immer noch am Briefkasten, obwohl die Dame seit Jahren verstorben ist. Mansfeld hat anscheinend das Haus geerbt und lebt dort.«

»Mensch, Alina, wenn das wahr ist, ist das der Treffer. Dieses zweite Leben muss er aber geschickt vor der Öffentlichkeit verborgen haben.«

»Hat er. Yüsim, also mein Vetter, der im Sommer in der Ecke dort auch Gärtnerarbeiten erledigte, meinte, dass dort keiner Mansfeld kannte. Wenn Mansfeld nach Hause kam, fuhr er ohne auszusteigen mit seinem Wagen durch das elektrisch gesteuerte Außentor.

Anschließend ließ sich nicht mehr blicken. Nur durch Zufall hat Yüsim ihn mal gesehen, als das Tor klemmte. Mansfeld musste aussteigen, um es zu schließen. Sein stilvolles, würdiges Aussehen hat damals mächtigen Eindruck auf meinen Vetter gemacht.«

Aufgedreht lief Wagenknecht durch das Büro.

»Unglaublich, wenn das stimmt, muss Mansfeld es mit der Erbschaft so geschickt geregelt haben, dass nichts davon in der Öffentlichkeit bekannt wurde.«

Mit gerunzelter Stirn sah sie Alina an.

»Hoffentlich sind wir nicht zu spät.«

»Wie meinst du das?«

»Nun, es muss Leute geben, mit denen er zusammengearbeitet hat. Vielleicht haben die von seinem Wohnsitz in Refrath gewusst, wenn sie sich nicht dort sogar mit ihm getroffen haben. Nach seinem Tod könnten die auf die Idee gekommen sein, alles verschwinden zu lassen, was sie belasten könnte.«

»Du hast recht, das wäre echt Mist, wir müssen sofort handeln.« Alina sprang von ihrem Stuhl auf und zeigte durch die Glaswand auf ihren Computer im Nebenraum.

»Ich recherchiere, was es mit der Adresse auf sich hat. Irgendwo muss ja der Name Mansfeld auftauchen. Stadtverwaltung, Grundbuchamt, Notar, irgendwo.«

»Alina, gute Idee. In der Zeit informiere ich Kriminalrat Schneider und sorge für den Durchsuchungsbescheid. Trommel du vorher noch unsere Leute zusammen, in einer Stunde treffen wir uns im Konferenzraum. Und sag Henny, er soll sich darauf präparieren, eine Alarmanlage ausschalten zu müssen. Sowie Werkzeug zum Öffnen von Schlössern bräuchte er auch. Ach ja, Kameras nicht vergessen. Und Alina, versuche herauszubekommen, wer die Objektüberwachung für das Haus macht. Wir müssen die Firma informieren, wenn wir dort einen Bruch machen sollten.

»Verdammt feine Gegend.«

Heike Bachem blickte interessiert zu den Villen hin, an denen sie vorbeifuhren. »Für das Geld, was alleine die endlosen Grundstückseinfriedungen mit den breiten, Hightech gesicherten Toranlagen gekostet haben, kannst du bei uns im Bergischen schon ein Haus bauen«, meinte sie.

Auch Wagenknecht war beeindruckt. Soviel Wohlstand auf einen Haufen gab es in Köln und Umgebung nur noch im Hahnwald und in Marienburg.

»Heike, auch bei denen wird nur mit Wasser gekocht. Glaube nur nicht, die hätten keine Probleme. Zu meiner Zeit im Raubdezernat habe ich Fälle gehabt, wo Sprösslinge aus solch reichen Familien im Kaufhof Klamotten im Wert von ein paar Euro geklaut haben.«

Für Heike Bachem war das nicht nachvollziehbar.

»Die können sich doch kaufen, was sie wollen, warum machen die das?«

»Hunger nach Erfolgserlebnis, nach Bestätigung, dass sie selbst auch mal was zustande bringen, da gibt es einige Gründe. Viele kriegen doch von klein auf alles vorgegeben, was sie zu tun und zu lassen haben. Aber so richtig schlimm wird es«, Wagenknecht bremste scharf, sie hätte fast einen Radfahrer übersehen, »wenn der Nachwuchs aus lauter Übersättigung und Langeweile zu Drogen greift. Dann sind die Puppen am Tanzen. Dann passieren Dinge, davon träumst du nicht. Du kannst dir ja denken, dass in solchen Familien Unangenehmes unter der Bettdecke bleiben muss.«

»Trotzdem, das hier ist eine Wahnsinnsgegend.« Heike Bachem war ganz angetan von den eingestreuten Waldparzellen mit altem Buchenbestand oder richtig schönen knorrigen Lärchen. »Nur ein paar Minuten von der Kölner City entfernt so eine Landschaft und Ruhe. Wer sie nicht kennt, vermutet das nie.«

»Warst du schon mal im Königsforst?«, fragte Wagenknecht.

»Nein, ich hatte das zwar mal vor, dort kann man ja super Fahrrad fahren, aber«, bedauernd zuckte Heike Bachem die Schulter. »Wie das so ist, für meinen Golf habe ich keinen Fahrradträger und das Rad mit der Bahn zu transportieren ist mir zu umständlich.«

»Das ändern wir.« Wagenknecht musterte das klare, scharfe Profil ihrer Kollegin.

»Wenn Hendrik und ich dass nächste Mal zum Königsforst fahren rufe ich dich an. Hendrik hat einen Fahrradträger für die Anhängerkupplung, da passen drei Räder drauf. Oder bist du derzeit liiert?«

»Nein, momentan habe ich die Nase von Männern gestrichen voll«, stellte Heike Bachem frustriert klar. »Der letzte war dermaßen ein Arschloch, das reicht mir jetzt erst einmal.«

»Okay, dann fährst du mit uns. Wir nehmen uns einen ganzen Tag Zeit, der Königsforst mit seiner Größe von dreißig Quadratkilometer hat viel zu bieten. Und eine Kneipe, wo wir eine richtig scharfe Gulaschsuppe mit Röggelchen und einem Kölsch vom Fass bekommen, kenne ich auch.«

Dankbar legte Heike Bachem ihre Hand auf den Arm ihrer Chefin.

»Kareen, ich bin so froh, dass ich mit dir zusammen arbeiten kann, du gibst mir Kraft, wenn es mal nicht so toll bei mir läuft. Gut, dass es zwischen dir und Hendrik so super klappt, ihr seid wirklich zu beneiden.«

Wagenknecht wollte erklären, dass es auch bei ihnen nicht immer so rund lief, sah jedoch im letzten Moment das Hinweisschild zum Golfplatz und musste sich ganz auf die Vorfahrtsituation konzentrieren. Nach zweimaligem Abbiegen erreichten sie die verkehrsberuhigte Straße *Auf dem Forst*.

»Heike, Hausnummer 28 ist richtig?«

»Genau, aber ich sehe nirgendwo eine Hausnummer. Die leben hier wohl alle anonym.«

»Nicht ganz.«

Wagenknecht blickte fasziniert zu einem Anwesen im Bauhaus Stil hin.

»Hier kennt jeder seinen honorigen Nachbarn. Und die Besucher wissen auch, wo sie hin müssen, ohne Voranmeldung läuft da nichts. Alles diskret, versteht sich. Das Fußvolk bleibt draußen.«

»Da vorne rechts, das müsste es sein.«

Heike Bachem zeigte auf ein Haus, das in einem

parkähnlichen Gelände weit zurücklag. Abgesichert durch ein breites Bronzetor, das durch ein Relief mit einem Wolfskopf besonders protzig wirkte.

»Das ist es.«

Wagenknecht betrachtete das Kunstwerk.

»Carolina von Wolfskopf legte anscheinend Wert darauf, dass man schon wissen sollte, dass sie dort wohnte.«

»Ehrlich gesagt finde ich es geschmacklos«, meinte ihre Kollegin. »Dezent war die Dame nicht gerade.«

Das schwarze Zivilfahrzeug, C-Klasse, parkte Wagenknecht in der Einfahrt vor dem Tor. Ihre Kollegen im Passat ignorierten das Halteverbot und stellten sich hinter ihr am Straßenrand.

Mit einem Aktenkoffer in der Hand trat Strassfeld neben die Hauptkommissarin und musterte das Anwesen.

»Meinst du, dass dort jemand ist?«, sagte er.

Wagenknecht war sich unsicher.

»Die Frage ist, wenn ja, ob man uns aufmacht.«

Das Haus lag gut fünfzig Meter zurück. Aus dieser Entfernung konnte sie nicht erkennen, ob sich darin was rührte.

»Henny, gib mir doch bitte mal das Fernglas«, bat sie. Konzentriert nahm sie die Hausfront unter die Lupe, aber auch das brachte nichts. Sie sah ordentlich zur Seite geraffte schwere Gardinen und geschlossene Fenster. Nicht der Schatten einer Bewegung. Alles nobel, teuer, steril. Ihre Wohnung in Wiehl kam ihr auf einmal besonders gemütlich vor.

»Okay, es geht los.«

Sie ging zu der Sprechanlage, die in einer polierten Bronzeplatte eingelassen war. Auch hier anstatt des Namens ein Wolfskopf. Sie drückte auf den Knopf.

Nichts rührte sich.

Noch zweimal versuchte sie es, jedes Mal etwas länger, ohne Erfolg. Sie betrachtete die kaum erkennbare Fläche des Codier Scanners und winkte Strassfeld zu sich. Sie zeigte auf die schmale Pforte, die dem Fußvolk Einlass gewährte.

»Mach sie bitte auf.«

»Was ist mit der Alarmanlage?«

»Ist geklärt. Alina hat die Security Firma ausfindig gemacht, die hier die Objektüberwachung durchführt. Wenn es bei denen gleich piepst, rufen die mich auf meinem Handy an ich bestätige, dass wir hier den Bruch machen.«

»Die könnten doch eigentlich kommen und uns die Tür aufschließen«, schlug Strassfeld vor.

»Eigentlich schon, aber dann kannst du gleich die Redakteure vom Tageblatt bestellen. Morgen früh steht dann alles brühwarm in der Zeitung.«

»Stimmt auch wieder, also los.«

Stirnrunzelnd sah Wagenknecht zu, wie Strassfeld mit irgendwelchen undefinierbaren Geräten an der Pforte rumfummelte und sie nach kurzer Zeit mit einem »hätte ich mir schwieriger vorgestellt«, galant öffnete.

Sekunden später brummte ihr Handy. Sie bestätigte der Security Firma ihre Präsenz.

»Alles in Ordnung. Nein, Sie müssen nicht kommen. Wir gehen nur einem Hinweis nach, nichts

Ernstliches. Danke für Ihre Kooperation.«

Sie wandte sich Strassfeld zu.

»Gut gemacht, Henny. Noch die Haustür und wir sind drinnen. Hoffentlich fällt keiner vor Schreck aus dem Bett oder springt aus der Badewanne, wenn wir auftauchen.«

»Käme drauf an, wer aus der Badewanne springt«, grinste Strassfeld.

»Mal wieder typisch Mann«, mauzte Heike Bachem und quetschte sich an ihnen vorbei durch die Pforte.

Als Deckung benutzten sie die Gehölze, die an beiden Seiten die Auffahrt flankierten. Wagenknecht hatte noch mal deutlich gemacht, dass sie es mit skrupellosen Killern zu tun hatten. Doch es blieb still wie auf einem Friedhof.

Totenstill.

Sie beschlich ein ekelhaftes Gefühl. Nicht schon wieder ein Toter, betete sie in sich hinein. Sicherheitshalber hämmerte sie mehrmals an die Haustür und gab dann Strassfeld das Zeichen aktiv zu werden. Wenige Minuten später standen sie in der Diele des Hauses. Strassfeld schaltete das Licht ein.

Diele war gut.

Überrascht blickten sie in ein großes Foyer. Decke und Wände strahlten in einem makellosen Weiß, auf den Wandflächen dominierten Gemälde in weißen, schlichten Metallrahmen. Eingebaute Deckenstrahler warfen gebündeltes Licht exakt ausgerichtet auf die Kunstwerke, zauberten eine Farbenpracht in wundervoller Intensität hervor. Farben, leuchtend, in sich schon eigene Kunstwerke. Wagenknecht war fasziniert. Die Motive, so vermutete sie, waren Landschaften aus der Provence und Toskana. Auch ohne die Signaturen zu lesen, war sie sich sicher, Werke bedeutender Künstler vor sich zu haben.

»Wahnsinn«, stöhnte Heike Bachem, »das in einem privaten Wohnhaus, das ist der absolute Wahnsinn.«

Strassfeld zeigte auf das rote, hektisch blinkende Lämpchen an der Decke.

»Kareen, ich sehe mal nach, ob ich die Steuerung der Alarmanlage finde und schalte sie aus.«

»Mach das, Heike geht mit dir. Martin und ich nehmen uns das Obergeschoss vor. Und«, sie sah ihre Leute mahnend an, »seid vorsichtig. Ist euch auch aufgefallen, dass hier eine bemerkenswert gute Luft ist? Hier wird gelüftet und Mansfeld war es jedenfalls nicht.«

»Klimaanlage.«

Schlösser zeigte auf die Öffnungen, die über den Fenster zu sehen waren. »Hier kommt Frischluft herein, so bleibt das Raumklima konstant.«

»Trotzdem, seid auf alles gefasst.«

Das bedrückende Gefühl ließ sie nicht los.

26

Auf dem Lindchen

Toller Ruhestand. Blumberg war sauer. Während ihrer
Fahrt nach Refrath hatte die Hauptkommissarin ihn
kurz über den aktuellen Stand der Ermittlungen
informiert. Sobald sie mehr wüsste, würde sie sich
melden.

»Na super, Max«, brummelte Blumberg vor sich
hin. »Die sind auf dem Kriegspfad und wir beide
wandeln auf der Fährte des Nümbrechter Klangpfades
und warten auf die selig machenden Töne meines
Handys.« Er blieb stehen und sah vor sich das
Naturpanorama in Richtung Waldbröl. Wie immer
überwältigte ihn diese einmalig schöne Landschaft. In
weiter Ferne zeichnete sich im Dunst die Silhouette
des Kreiskrankenhauses ab und dahinter zog sich in
voller Breite das verwunschene Nutscheid Gebirge.

Unruhig wuselte Max um ihn herum und schielte
dabei erwartungsvoll auf die große Wiese, quasi sein
Fitnessparcours. Dort konnte er in der Absicht, von
den Fußkranken eins zu Gesicht zu bekommen,
wundervoll von einem Kaninchenbau zum nächsten
joggen. Doch heute wollte sein Chef nicht so, wie er es
zu pflegen gewohnt war. Blumberg hatte einen
Entschluss gefasst. Er blickte auf die Uhr. Es war
später Vormittag, Kochens Zeit, wenn er Glück hatte,

traf er jemanden an. Elsa war zwei Tage in Winterberg bei einer Freundin, sein Mittagessen würde er auf den Abend verlegen.

Flexibilität war angesagt, den Protest von Max musste er ignorieren. »Max, dein Rehgulasch gibt es später, da musst du jetzt durch«, sagte er. Max wollte es nicht glauben, er wurde richtig sauer. Kein Fitnessprogramm, kein Mittagsmenü und wenn er es richtig sah, gab es auch kein Mittagsschläfchen. Ein richtig bescheidenes Hundeleben.

Und das als Rentner.

Frustriert zog er den Schwanz ein, blickte stur gerade aus und trottete beleidigt hinter seinem Brötchengeber her.

27

David

Über eine geschwungene Marmortreppe, die mit einem dicken cremefarbenen Läufer belegt war, erreichten Wagenknecht und Schlösser das Obergeschoss. Durch die indirekte Beleuchtung strahlte das Foyer eine warme, dezente Atmosphäre aus. Im Gegensatz zu den gewaltigen farbintensiven Bildern in der Eingangshalle hingen hier in geringem Abstand kleinformatige Radierungen in schwarz-weiß Technik. Wagenknecht schätzte sie nicht größer als ein Briefbogen, alle eingerahmt in matt gebürsteten Edelstahlrahmen.

Und mitten im Raum stand auf einem ockerfarbenen Sockel die bekannteste Skulptur der Kunstgeschichte.

»David«, flüsterte Wagenknecht fast andächtig. »Michelangelo, etwa Anfang des 16. Jahrhunderts. Und wenn ich mich nicht täusche, hat der Bildhauer Alabaster verwendet.«

»Ich glaube, ich muss das hier mal meiner Frau zeigen«, sinnierte Schlösser. »Als Anregung, wenn wir unsere Hütte mal renovieren sollten.«

»Gute Idee, Martin, du kannst ja schon mal ein paar Euro zur Seite legen«, meinte sie grinsend.

»Die Welt ist einfach nur ungerecht«, murmelte er und zeigte dann auf die Türen, die ins Irgendwo führten.

Wagenknecht nickte und öffnete die erste Tür. Sie sahen ein separates WC, nichts Spektakuläres. Im Nebenraum kamen sie in ein elegantes Badezimmer, das Wagenknecht schnell wieder verließ. Sie fürchtete, wenn dieses tolle Bad sich erst einmal in ihr festsetzte, würde sie an ihr eigenes keine Freude mehr haben.

Und dann wurde es so richtig interessant.

Sie standen in einem riesigen Raum, der aussah wie ein Büro eines Hightech Unternehmens. Eine schwarz glänzende Glasoberfläche, sie erinnerte Wagenknecht an ein riesiges iPad, bedeckte die gesamte Stirnwand. Einige Meter davor stand ein Gebilde aus Edelstahl mit einer Tischplatte aus schwarzem, hochglänzendem Glas. Zweifellos das Objekt modernster, edelster Designerkunst.

Fasziniert berührte Schlösser die Tischplatte und fuhr erschrocken zusammen. Mit einem gedämpften Sound erwachte die schwarze Wandfläche zum Leben. Aus der Tiefe heraus füllte sie sich mit unzähligen winzigen Sternen, in deren Mittelpunkt sich das bekannteste Gemälde der Welt formatierte. Wie immer nicht erkennbar, auf was ihre Augen gerichtet waren, blickte die Mona Lisa in die Welt des 21. Jahrhunderts.

Heike Bachem, die mit Strassfeld den Raum betrat, verschlug es den Atem.

»Das glaube ich hier alles nicht. Henny, sag, dass das alles nicht wahr ist.«

Strassfeld war hin und weg. Sein Verstand versuchte zu erfassen, was sich da vor ihm abspielte. Als IT Freak hatte er schon tolle Dinge gesehen, aber das hier übertraf alles.

Wagenknecht drehte sich zu ihnen um.

»Habt ihr unten schon alle Räume durch?«

»Da sind nicht viele Räume«, erwiderte Strassfeld.

»Außer der Eingangshalle gibt es noch einen großen Wohnbereich mit Sitzgruppen, Lounge und zwei Toiletten.«

»Was ist mit dem Untergeschoss?«, bohrte Wagenknecht weiter.

»Swimmingpool, Fitnessbereich, Sauna, du kannst es dir aussuchen. Und natürlich eine Bar vom Feinsten.«

Erleichtert atmete Wagenknecht auf, kein weiterer Toter.

»Okay«, sagte sie, »dann konzentrieren wir uns auf die Geheimnisse dieses Raumes. Henny, dein Talent ist gefragt.«

Strassfeld hörte kaum hin. Sein Kollege Schlösser hatte ihm erklärt, dass in dem Moment, wo er die Schreibtischplatte berührt hatte, der Wandmonitor aktiviert wurde. Aufmerksam besah er sich die Tischfläche und bemerkte eine im Quadrat verlaufende hauchdünne Linie. Eine Einschneidung in die ansonsten perfekte Oberfläche. Er beugte sich vor, studierte die Tiefe des Quadrates und ahnte, was es damit auf sich hatte.

Mit der Hand tastete er unter die Tischplatte und fühlte eine kleine Einbuchtung. Er legte die Fingerkuppe in die Mulde und schon öffnete sich die quadratische Fläche. Mit leisem Surren fuhr ein Touchscreen hoch und es wurde zum Eingeben des

Passwortes aufgefordert.

Strassfeld geriet aus dem Häuschen.

»Das ist ja der helle Wahnsinn, so etwas wünsche ich mir zu Hause.«

Wagenknecht sagte nichts dazu, stirnrunzelnd blickte sie auf das Display.

»Wie kriegen wir den geknackt?«, fragte sie in den Raum hinein.

»Mona Lisa«, meinte Schlösser und blickte auf den Wandmonitor, aus dem das bekannteste Model der Welt ihrem Treiben zuschaute.

»Henny, gib Mona Lisa ein.«

»Das glaubst du doch nicht wirklich?« Strassfeld sah seinen Kollegen irritiert an, »aber egal, versuchen wir es.«

Negativ.

»Michelangelo«, schlug Heike Bachem vor.

War auch nichts.

»Ich gebe mal einfach Mansfeld ein«, meinte Strassfeld, hatte aber auch keinen Erfolg.

»Carolina von Wolfskopf, so hieß doch die Dame dieses Hauses«, überlegte Heike Bachem laut. »Henny, gib doch mal den Namen in einigen Varianten ein, vielleicht ist es ja das.«

Nach mehrmaligen Versuchen gab Strassfeld auf. Frustriert schlug er vor, den Computer auszubauen, um ihn den IT Spezialisten in Köln übergeben zu können.

»Wir vergeuden hier nur unsere Zeit, die in Köln haben spezielle Programme, um Passwörter zu knacken.« Wagenknecht stimmte zu, blickte nochmals zur Mona Lisa hin und dachte dabei an die wunderschöne Statue im Foyer.

»Henny, noch ein Versuch. Gib bitte mal David ein.«

»Kareen, du bist die Größte.«

Staunend starrten sie auf die Monitorwand, die sich von einer Sekunde auf die andere verwandelt hatte. Die Mona Lisa war dem Foto einer ebenfalls sehr schönen Frau gewichen. Etwa fünfzig Jahre alt, lehnte sie mit aufgeknöpfter Bluse lässig an dem mächtigen Stamm einer Rotbuche. Verführerisch lächelte sie den Fotografen an. Ihnen war sofort klar, dass es sich um die Besitzerin des Hauses handeln musste.

»Was für eine Frau«, stöhnte Strassfeld. »Bei der würde ich auch nicht nein sagen.«

»Die Frauen, bei denen du nein sagen würdest, die müssen erst noch gebacken werden«, konterte Heike Bachem.

»Leute, das ist echte Liebe.«

Wagenknecht zeigte auf die Monitorwand.

»Noch Jahre nach ihrem Tod hat Mansfeld sie jedes Mal, bevor er an die Arbeit ging, sehen wollen.«

»Kein Wunder, bei dem Erbe«, frotzelte Strassfeld.

»Trotzdem, bemerkenswert«, fand auch Heike Bachem. »Die meisten alten Knacker mit soviel Kohle lachen sich doch im Handumdrehen was Junges an. In dieser Beziehung war Mansfeld wohl ein seriöser Typ.«

»Wird sich noch zeigen.« Strassfeld gab so schnell nicht auf. Wagenknecht wurde es zu viel, sie wollte zum Ende kommen. Hendrik wartete.

»Henny, versuch mal ins Menü, Verzeichnis oder in

176

was auch immer zu kommen, ich will wissen, was die Kiste verbirgt.«

»Das haben wir jetzt schnell.«

Strassfeld klickte sich durch verschiedene Menüs durch. Alles, was irgendwie unbedeutend aussah, beachtete er erst einmal nicht. Bei dem Ordner *Galerie Aktuell* blieb er hängen. Er öffnete ihn und sie sahen auf der Monitorwand fein säuberlich geordnet die Struktur der Geschäfte von Mansfeld.

»Volltreffer.«

Wagenknecht strahlte.

»Jetzt kommen wir weiter. Aber nicht hier, da haben wir Tage dran zu knabbern. Henny, das Gerät nehmen wir mit zu unserer Dienststelle. Check dort sofort das Gröbste. Wir brauchen Anhaltspunkte, bei denen wir einhaken können. Anschließend holst du das Material heraus, das uns weiterhelfen könnte. Heike, du hilfst ihm bitte. Filtere sofort, was wichtig ist und halte mich auf dem Laufenden.«

»Ist klar, Kareen. Morgen früh hast du die erste Auswertung auf dem Tisch«, versprach Heike Bachem.

Überrascht sah Wagenknecht sie an.

»Hast du morgen früh gesagt?«

»Klar, Henny und ich machen die Nacht durch, oder Henny?«

»Aber immer. Es wird Zeit, dass wir die Typen, die meinen, sie könnten hier bei uns im Bergischen Leute foltern und abknallen, zu fassen kriegen.« Strassfeld dachte an seine Oma und an seinen Opa, die mit den Eltern nach dem Krieg wieder alles ins Rollen gebracht hatten. Sich für eine bessere Zukunft abgerackert hatten.

»Das Bergische bleibt rein, Persil rein«, meinte er geradezu patriotisch.

»Wow, Henny. Geil.«

Heike Bachem blickte ihn anerkennend an.

28

Driesch

Wie so oft, wenn Blumberg durch die liebliche bergische Landschaft fuhr, war er glücklich, dass er und Elsa nach Nümbrecht gezogen waren. Und dass sie ihre Kölner Eigentumswohnung verkauft hatten. Es war kein leichter Entschluss gewesen, aber so hatten sie in jeder Hinsicht den Rücken frei. Auf dem Weg nach Grötzenberg hatte er Oedinghausen hinter sich gelassen und war auf der Höhe angelangt, von wo aus er auf Distelkamp blicken konnte. Ein landschaftlich eingebundener Ort mit einem typischen bergischen Flair. Auf der weiterführenden kurvenreichen Straße nach Malzhagen fuhr Blumberg verhalten. Schon oft waren ihm hier Fahrzeuge, die den Asphalt strapazierten, als wären sie auf dem Nürburgring, entgegengekommen. Heute war nichts los, die Straße gehörte ihm.

In Grötzenberg holte er sich in der Bäckerei ein rundes Doppelback und ein Jubiläumsbrot. Diese Bäckerei, die noch nach alten Rezepten ohne den ganzen industriellen Fertigkram backte, war seine Bäckerei. Das Brot war immer frisch, dunkel gebacken mit knuspriger Kruste, so wie er es liebte. Eine wahre Köstlichkeit, die man kaum noch anderswo bekam. Und das zu einem Preis, der den Großbäckereien glatt die Schamröte ins Gesicht treiben müsste.

Nach dem Einkauf fuhr er rechts auf die Brölstraße in Richtung Waldbröl und folgte schließlich dem Hinweisschild nach Driesch. Mit Tempo dreißig fuhr er durch die enge Ortsdurchfahrt und betrachtete die Bauernhäuser mit ihrer alten bergischen Substanz. Vor einer besonders wunderschönen Haustür aus uralter Eiche hielt er an. Er stellte sich vor, was für Menschen in welcher Zeit durch diese Tür wohl gegangen sein mochten. Was für Schicksale sich in diesem Haus abgespielt hatten.

Erweiterungen an einigen Gebäuden zeigten, dass nachwachsende Generationen dem Ort treu geblieben waren. Ein gesundes Konzept, ging es ihm durch den Kopf. Oma und Opa waren nie allein, immer für die Pänz da, und die Junioren kamen günstig zu einer Immobilie. Alles blieb in der Familie und der Schlachtruf lautete: Einer für alle, alle für einen.

Am Ende des Ortes bemerkte Blumberg eine Toreinfahrt, die zu einem Haus führte, das sicher einmal ein schönes bergisches Anwesen gewesen war. Durch die Grundstruktur war dies noch eindeutig erkennbar. Doch wie es aussah, wurde das ehemals bergische Fachwerk weiß überputzt.

Eine richtige Todsünde, fand Blumberg.

Schockiert registrierte er die weit nach vorne herausragende Überdachung des Eingangsbereiches. Zweifellos ein angebautes Produkt der Neuzeit. Gedrehte weiße Säulen trugen dieses Etwas von Stilbruch. Rechts und links thronten in weißem Stein gemeißelte Löwen. Überhaupt wurde der Vorgarten von Skulpturen beherrscht, eine geschmackloser als die andere. Nachdem, was Elsa ihm über die Dickes erzählt hatte, musste das ihr Haus sein.

Entschlossen fuhr er in die Einfahrt, stieg aus und musterte die weiße Tafel auf der Hauswand.

„Kunst-Atelier Hilde Dickes", sprang ihm in einer goldfarbenen Schrifttype entgegen.

Prollig, er war richtig.

Suchend blickte er sich nach so was wie einer Türklingel um, als drinnen schon jemand »Momentchen, ich komme gleich«, in einer Lautstärke brüllte, als wäre es an die Nachbarn hundert Meter weiter gerichtet.

Eine Erscheinung in rosaschwarz öffnete die Haustür. Sie trug ein bis zum Boden fallendes schwarzes Gewand und Blumberg, der eigentlich keine Ahnung von Stoffen hatte, hätte schwören können, dass es aus reiner Seide war. Rosafarbene, kleinblättrige Blumen beherrschten einige Quadratmeter Oberfläche, sie sollten wohl einen Hauch von Leichtigkeit widergeben. Bei den hundertzehn Kilo Lebendgewicht, so schätzte er, war das verschwendete Liebesmüh. Um den Hals trug die Künstlerin eine schwere Perlenkette in hellrosa, die ihr bis auf den wogenden Busen fiel.

Hilde Dickes war gut ein Kopf kleiner als er, dafür aber großzügig in die Breite und Tiefe gebaut. Ihre Füße steckten in so was wie in einem Nichts von Sandaletten, solche, wie sie schon Cleopatra getragen hatte. Und nach dem Motto, je kräftiger, desto besser, hatte sie ihre Augen dick mit Kajal pechschwarz umrandet. Ihre mobilen Wimpern, getränkt mit Mascara, hingen so tief wie die Wolken bei einem schweren Gewitter. Offensichtlich legte Hilde Dickes Wert darauf, dass ihr Äußeres ganz dem Status einer Künstlerin entsprach.

Blumberg stellte sich vor und fragte, ob er ein paar Minuten ihrer kostbaren Zeit in Anspruch nehmen dürfte.

»Was für eine Frage, Herr Blumberg«, strahlte sie ihn an. »Elsa hat mir erzählt, was Sie für ein toller Mann sind.« Sie versuchte einen koketten Augenaufschlag, der aussah, als wenn ein Huhn beim Eierlegen Probleme hätte.

Der tolle Mann hätte sich am liebsten umgehend verabschiedet. Stattdessen schaute er die Göttin bewundernd an.

Mit ihrer beringten Hand zeigte die Künstlerin in die Runde. »Entschuldigen Sie die furchtbare Unordnung, aber meine Putzfrau ist krank. Fürchterlich heute mit dem Personal, andauernd haben die was anderes.«

»Wem sagen Sie das«, bestätigte Blumberg und dachte an den Staubsauger zu Hause, den er zweimal die Woche durch das Haus schieben durfte.

Mit einem »Phantastisch« zeigte er auf die Bilder, die ringsum die Wände bedeckten.

»Sind Sie die Künstlerin, die diese beeindruckenden Werke gemalt hat?«, fragte er scheinheilig.

Honigsüß blickte sie ihn an.

»Man merkt, dass Sie ein Kunstkenner sind«, zwitscherte sie, »das kommt sicher davon, dass Sie täglich von Elsas Bilder umgeben sind.«

»So wird es sein«, stimmte er zu.

»Wenn Sie möchten, zeige ich Ihnen meine neuen Werke in meinem Atelier, alles Akte, Männlein und Weiblein, wie Gott sie geschaffen hat«, lockte sie mit dem Charme einer grünen Mamba.

Für einen Reichshofer Wacholdergeist hätte Blumberg jetzt glatt den Rest seines Taschengeldes geopfert. Lange konnte er diesen Komödienstadel nicht spielen. Er musste zur Sache kommen.

»Frau Dickes«, »nennen Sie mich Hilde«, unterbrach sie ihn. »Für meine Freunde bin ich die Hilde und das förmliche „Sie" können wir doch auch weglassen.«

Er wurde kribbelig, er musste hier schnellstens weg.

»Hilde, sehr nett von dir, aber ist zufälligerweise der Göttergatte auch zu sprechen?«, schnulzte er. »Elsa hat mir erzählt, dass die Familie deines Mannes schon seit Generationen hier im Bergischen verwurzelt ist. Und da ich als Hobbyhistoriker Recherchen anstelle, welche Rolle unser Bergisches während des Dritten Reiches gespielt hat, dachte ich, dass dein Mann mir vielleicht mit einigen Tipps weiter helfen könnte.«

Offensichtlich enttäuscht, dass der Besuch nicht ihr galt, zuckte sie missmutig mit den Schultern. »Heinz ist in Kur und kommt erst nächste Woche zurück«, brummelte sie, »aber vielleicht kann ich dir ja helfen.«

Blumberg konnte seine Enttäuschung kaum verbergen und wollte den Rückzug antreten, als sein Blick auf eine verzierte Holztruhe fiel, die in der Dielenecke stand.

»Das da ist aber ein schönes altes Stück, so etwas

kriegt man ja heute gar nicht mehr zu kaufen«, meinte er und zeigte auf die Truhe.

»So ist es, das ist unser Lieblingsstück, eines der wenigen Erbstücke, die Heinz behalten hat.«

Er sah plötzlich Licht am Horizont.

»Habt ihr solch wertvolle Sachen geerbt?«, fragte er mit Unschuldsmiene, »dann müssen die Vorfahren deines Mannes ja gut betucht gewesen sein.«

»Die und gut betucht.« Hilde Dickes verdrehte die Augen. »Wenn die sich einmal in der Woche und das sonntags, einen Braten leisten konnten, waren die glücklich.«

»Wieso hat dein Mann dann so etwas erben können?«

»Nazis.«

Hilde Dickes machte eine wegwerfende Bewegung.

»Unter uns, der Vater und auch der Onkel vom Heinz waren Nazis und was für welche.«

Ungläubig starrte Blumberg sie an.

»Hilde, jetzt brauche ich einen Schnaps.«

»Sag ich doch. Komm, wir gehen in den Wintergarten, da habe ich einen Bergischen Korn stehen, da genehmigen wir uns einen.«

Sie schwebte in Richtung Wintergarten und zeigte dabei auf ein kleinformatiges Wandbild, das eine Wiese mit einem alten Schuppen darstellte. Die grasenden Schafe sahen eher wie Nachfahren von Wolpertinger aus, fand Blumberg.

»Das ist eines meiner besten Kunstwerke«, erklärte die Hausherrin stolz. »So sah es hier früher aus und das da«, sie tippte mit dem Finger auf den Schuppen, »war der geheime Schatz meines Schwiegervaters.«

Bei dem Thema hätte Blumberg selbst rosafarbene Kühe akzeptiert. Er ging hinter der Künstlerin her und nahm sich vor, das Thema Erbschaft beim zweiten Schnaps wieder anzugehen.

Der Wintergarten war allerdings ein Traum, das musste Blumberg neidlos zugeben. Bodentiefe Panoramafenster vermittelten den Eindruck, als stände man mitten in dem herrlich angelegten Garten. Wunderschöne Rhododendren blühten in Violett und in einem leuchtenden Rot. Auf Abstand standen einzelne, halbstämmige Roseninseln, dunkelrot blühende Weigelien und dichter, weißer Sommerflieder.

»Hilde, euer Garten ist ein Traum«, sagte er, »ihr müsst einen super Gärtner haben, der das alles so in Schuss hält.«

»Das musst du dem Heinz mal sagen, dann hast du einen Freund fürs Leben.«

»Wie meinst du das?«

»Nun, Heinz ist der super Gärtner, er hat das ja gelernt. So wie ich Künstlerin bin, geht dem das Herz auf, wenn er eine Brennnessel sieht.«

Blumberg lachte herzhaft, die Hilde Dickes konnte sein, wie sie wollte, auf ihre Art war sie ehrlich und direkt heraus.

»Das ist ja ein riesiges Grundstück, gehörte das alles den Eltern von deinem Mann?«, fragte er.

»Klar, die haben ja, wie das damals bei den armen Leuten hier auf dem Land so üblich war, noch nebenher Vieh gehalten und Gemüse angebaut. Sonst wären die nie über die Runden gekommen. Und da hinten rechts in der Ecke, wo der Rhododendron steht, da stand der Schuppen. Der war für die Familie tabu, da durfte keiner dran. Erst nachdem der Schwiegervater gestorben war, die Schwiegermutter lebte ja schon lange nicht mehr, hat Heinz das Geheimnis dieser Bruchbude gesehen.«

»Hilde, das ist ja hoch spannend, könnte ich noch einen Schnaps haben?«

»Immer Carl, auf einem Bein kann man ja nicht stehen.«

Sie schenkte noch einmal ordentlich ein und Blumberg sah sich unauffällig nach einer Möglichkeit um, wo er sein Glas entleeren konnte. Fahren hätte er sonst nicht mehr gedurft, sein Auto stehen lassen kam nicht infrage.

Seine Gastgeberin hatte in dieser Hinsicht keine Probleme. Mit einem »Prost«, kippte sie den Inhalt wie Wasser weg, sah Blumberg mit glänzenden Augen an und erzählte weiter.

»Das war damals für uns die totale Überraschung. Im Traum hätten wir uns nicht vorstellen können, dass in dieser Holzbude Kunstwerke im Wert von über einer Million Euro lagen. Wahrscheinlich waren die noch viel mehr wert, der Kunsthändler hat ja auch noch daran verdient.« Sie bemerkte den skeptischen Ausdruck bei Blumberg, angelte sich die Schnapsflasche und goss sich nochmals ordentlich ein.

»Das war wirklich so, das kannst du mir glauben.«

»Aber Hilde, du hast doch gesagt, deine Schwiegereltern waren knapp bei Kasse, wieso haben die dann solch wertvolle Sachen gehabt und warum haben sie diese nicht verkauft, die hätten sich doch ein schönes Leben machen können?«

»Schiss, der Schwiegervater hatte mächtigen Schiss in der Hose, der war ja, wie ich bereits gesagt habe, ein Nazi gewesen.«

»Wahnsinn. Hilde, das ist ja kaum zu glauben.«

»Ist aber so, der Schwiegervater und sein Bruder waren Nazi Bonzen oben in der Nutscheid Kaserne. Dort lagerten Flugabwehrraketen und all so ein Zeug. Alles top geheim. Und Göring hat dort Dinge deponiert, für sich privat. Sachen, die er den Juden geklaut hat, bevor er sie in die Gaskammer schickte. Und ausgerechnet mein Schwiegervater war einer seiner Vertrauten, die auf die ganze Schweinerei aufpassen mussten. Nach dem Krieg hat er dann keine Nacht mehr ruhig schlafen können. Er lebte in der ständigen Angst, sie würden ihn aus dem Bett holen und in Nürnberg als Kriegsverbrecher vor das Tribunal stellen.«

»Und davon hat die Familie nichts gewusst?«

»Nichts, wie gesagt, erst nach seinem Tod ist die ganze Sauerei ans Licht gekommen. Schwiegervater hat so eine Art Tagebuch geführt, der reinste Horror, das kann ich dir sagen.« Sie schüttelte sich, als wenn sie Krämpfe bekäme.

»Carl, entschuldige mich, ich muss mal für kleine Mädchen«, ächzte sie. Beim zweiten Versuch kam sie hoch und schob sich unsicher in Richtung des Hausinneren.

Blumberg nutzte die Gelegenheit und schüttete

seinen Schnaps in einen Pflanzenkübel. Stumm bat er den Gummibaum um Verzeihung. Nach einer gefühlten Ewigkeit hatte er genug. Die Hausherrin musste ins Klo gefallen sein oder lag auf dem Sofa. Sie kam nicht wieder. Er beschloss, das Feld zu räumen, die Fortsetzung der Geschichte war ihm sowieso klar. Was ihm so richtig stank, war die Tatsache, dass diese Sache nie an die Öffentlichkeit gelangt war. Dafür konnte es nur einen Grund geben. Der Gedanke bereitete ihm heftige Bauchschmerzen.

29

Paul Stern

Das dumpfe Vibrieren des Handys in der Jackentasche unterbrach ihre Unterhaltung. Der Anruf aus Köln kam wie ein Donnerschlag.

Paul Stern war wieder aufgetaucht.

Wagenknecht konnte es kaum glauben.

»Wo ist er jetzt?«, fragte sie Karl-Josef Keller, den Kölner Kollegen.

»Im Antonius-Hospital. Die Streife, die ihn in St. Peter gefunden hat, hat ihn dort zur Notaufnahme gebracht.«

»Ist er verletzt, hat er gesagt, was passiert ist?«

Sie hörte, wie Keller am Ende der Leitung laut stöhnte, es war deutlich, das Gespräch war ihm lästig. Ihr war das aber so was von egal, notfalls würde sie ihm Feuer unterm Hintern machen.

»Also, Frau Kollegin«, der Typ hörte sich unverschämt herablassend an. »Wir werden Stern nach dem Klinik Check mit aufs Präsidium nehmen und ihn ausquetschen, dass ihm Hören und Sehen vergeht. Wir glauben nämlich nicht an sein Geschwafel, dass er sich an nichts erinnern kann. Das ist reine Verarschung.«

»Heißt das, er ist nicht vernehmungsfähig?«, befürchtete Wagenknecht frustriert.

»Wie ich Ihnen gerade doch deutlich genug gesagt

habe, wenn wir mit ihm fertig sind, werden Sie mehr erfahren.«

Jetzt wurde es ihr zu viel.

»Keller, jetzt hören Sie mir mal gut zu, ich ermittle hier in drei Mordfällen, und bis eben war Paul Stern dass potenzielle vierte Opfer. Wenn Sie mir jetzt nicht sofort in Steno einen Bericht abliefern, werde ich dafür sorgen, dass Ihr Vorgesetzter Ihnen die Klötze abreist.« Das war deutlich, doch die Arroganz gewisser Kollegen ihr als Frau gegenüber war sie leid, und dieser hier war anscheinend auch noch eine besonders hohle Nuss.

»Aber, Frau Wagenknecht«, Kellers Stimme hörte sich belegt an, »so war das doch nicht gemeint, selbstverständlich erhalten Sie von mir einen kurzen Bericht.«

Geht doch.

Konzentriert hörte sie sich die Fakten an, forderte Keller auf, ihr umgehend den Bericht per Fax zu schicken und beendete das Gespräch. Das Paul Stern wieder aufgetaucht war, musste sie erst einmal verarbeiten. Sie rief Alina an und bat sie, für siebzehn Uhr eine Besprechung anzusetzen.

»Und Alina, das gilt auch für Wolfsbach, egal wo der gerade steckt.«

»Geht in Ordnung, brauchst du irgendwelche Unterlagen, die ich dir besorgen soll?« Wie immer dachte Alina mit.

»Danke, ich habe alles, das Notebook von Mansfeld, das ich gestern Abend mit nach Hause genommen habe, hole ich gleich ab und bringe es mit.

Heike muss da noch eine Sache überprüfen. Sage bitte allen, dass sie ihre Ergebnisse parat haben sollen. Und Alina noch was, wenn bis spätestens sechzehn Uhr kein Fax von dem Kölner Kollegen Karl-Josef Keller gekommen ist, rufst du ihn an und sagst ihm, dass ich auf den Bericht warte. Sollte der sich blöd anstellen, gibst du ihm Pfeffer, das hilft.«

»Geht in Ordnung, bis zur Besprechung liegt der Bericht auf deinem Schreibtisch.«

Befreit atmete Wagenknecht auf, sie fühlte eine Zentnerlast von ihren Schultern fallen. Sie blickte zu Blumberg hin, der gerade seinen zweiten Kaffee serviert bekam.

»Stellen Sie sich vor, Paul Stern ist wieder da.«

Überrascht verschüttete Blumberg etwas von seinem Kaffee.

»Das ist doch nicht möglich.«

»Doch, man hat ihn in einer Kölner Kirche gefunden, völlig neben der Mütze, quasi noch auf dem Trip, wie die Blutwerte gezeigt haben.«

»Ich werde verrückt.«

Ungläubig schüttelte er den Kopf.

»Jetzt bin ich aber neugierig, was noch kommt.«

»Das ist das Problem.«

Missmutig verzog Wagenknecht das Gesicht.

»Von Stern kam noch nichts. Er nuschelt wohl nur dummes Zeug. Laut dem Arzt im Krankenhaus wird es wohl noch einige Stunden dauern, bis er zu einer verständlichen Darstellung fähig ist.«

»Hat man eine Ahnung, wie er in die Kirche gekommen ist?« Blumberg schlenkerte mit den Armen.

»Ich meine, in einer solchen Verfassung kann er sich doch nicht alleine dort hin verkrochen haben.«

»Steht alles noch in den Sternen, aber jetzt bin ich erst einmal froh, dass er lebt. Es war aber auch fünf Minuten vor zwölf, morgen wollten die Kölner das LKA und Interpol hinzuziehen.«

»Na, dieser Kelch ist ja dann an uns vorbeigegangen«, kommentierte Blumberg trocken.

Es war schon weit nach Mitternacht, als sie ausgebrannt, total fertig, die Wohnungstür aufschloss. Trotzdem war sie zufrieden. In der großen Besprechungsrunde, an der auch Blumberg teilgenommen hatte, hatten sie alle Fakten analysiert und die vielen Glasscherben fügten sich langsam zusammen. Zu einem Spiegel zusammen, in dem sich die Schäbigkeit menschlicher Spezies, aber auch die Ignoranz gewisser Kreise spiegelten. Was noch fehlte, war die Aussage von Paul Stern, laut den Kölner Kollegen wurde damit in den nächsten Stunden gerechnet.

Sie betrat die Diele und noch bevor sie die Haustür hinter sich abschloss, hatte sie das Gefühl, dass etwas nicht stimmte. Hendrik war nicht da, er war über Nacht bei seiner Mutter, ihr ging es nicht gut. Geräuschlos öffnete sie ihre Umhängetasche und griff nach der Dienstwaffe, etwas, das sie möglichst vermied. Jetzt gab ihr das kühle Metall ein Gefühl der Sicherheit. Sie entsicherte die Waffe, achtete auf jedes Geräusch und nahm sich einen Raum nach dem anderen vor. Selbst den prall gefüllten Abstellraum und die Dusche inspizierte sie. Nichts, absolut nichts.

Erleichtert atmete Wagenknecht auf, ihre Nerven spielten nach dem anstrengenden Tag verrückt. Vernünftigerweise sollte sie direkt ins Bett gehen und einmal ausschlafen, überlegte sie, doch sie war so aufgedreht, sie würde nicht zur Ruhe kommen. Sie nahm eine lange, entspannende Dusche und freute sich auf einen Absacker mit einem Weißwein von der Mosel. Die Sommerhitze lagerte immer noch drückend in der Wohnung, sie ging ins Schlafzimmer um sich ein leichtes Poloshirt überzuziehen.

Und dann sah sie es.

Wie angenagelt blieb sie stehen.

Ungläubig starrte sie auf die Kommode.

Auf die Kommode, die sie vom Sperrmüll gerettet hatte. Diese war von ihrer Oma, und nach deren Tod wollte ihre Mutter das alte Möbel, wo der Holzwurm sich offensichtlich sehr wohlfühlte, entsorgen. An der Kommode hingen viele Erinnerungen, als Kind hatte sie oft bei der Oma geschlafen und gesehen, wie sie aus den Schubladen ihre gestrickten langen Strümpfe oder Unterhosen genommen hatte, und auch sonst verbarg sich immer irgend etwas Spannendes darin.

Sie rettete die Kommode vom Sperrmüll und stellte sie in ihr Kinderzimmer. Seit dem Zeitpunkt gehörte das alte Möbelstück zum Inventar.

Aber nun das.

Seit Jahren schon, praktisch seit ihrer pubertären Zeit hatte sie die Angewohnheit, niemals die mittlere Schublade der Kommode ganz zu schließen. Damals wollte sie auf diese Weise feststellen, ob ihre Mutter in ihren Sachen schnüffelte. Völlig blöde, und jedes Mal, wenn sie am Grab ihrer Mutter stand, kam ihr dieses Vorgehen wieder hoch. Doch die Angewohnheit, die mittlere Schublade niemals ganz zu schließen, hatte sie nie mehr abgelegt. Und Hendrik ging grundsätzlich nicht an ihre Sachen, die waren für ihn tabu, darauf konnte sie sich verlassen.

Doch die Schublade war jetzt zu.

Jemand hatte sie durchsucht.

Alles lag an seinem Platz, korrekt ausgerichtet, so wie sie es immer machte. Sie überprüfte den Kleiderschrank, die anderen Schränke, selbst den Alibert im Badezimmer. Aber alles lag so, wie sie es in ihrer peniblen Art anordnete, nichts wurde verändert. Schlagartig wurde ihr klar, wonach man gesucht hatte: Nach dem Laptop von Mansfeld. Man hatte sie beobachtet und gesehen, dass sie das Gerät mit in ihre Wohnung genommen hatte. Und sie hatte nichts bemerkt. Sie kam sich vor wie eine Anfängerin.

Mit bangem Hoffen fuhr sie ihren privaten Laptop hoch, der auf dem Schreibtisch stand. Sie hätte sich irgendwohin beißen können, dass sie kein Kennwort aktiviert hatte, doch bis dato hätte sie es nie für möglich gehalten, dass ein Fremder in ihre Wohnung eindrang. Erleichtert atmete sie auf, im Explorer erschienen alle Ordner unverändert. Um die letzten Eintragungen zu überprüfen, klickte sie auf die Wer-Wann-Wo-Weshalb-Datei, die kurz vor dem Öffnen abstürzte. Bei der Wiederherstellung sah sie entsetzt, dass dieser Ordner zum letzten Mal um 14.48 Uhr, also zu einer Zeit, wo weder sie noch Hendrik in der

Wohnung gewesen waren, geöffnet wurde. Das durfte nicht wahr sein. In diesem Ordner dokumentierte sie ihre Überlegungen, Vermutungen, Fakten, Fantasien, über laufende Fälle. Nur für sich selbst zum Nachdenken, zum Grübeln, wenn ein Fall ihr auch zu Hause keine Ruhe ließ. Und jetzt hatte ein Fremder, ein Krimineller, darin herumgeschnüffelt.

Sie fühlte sich beschmutzt. Ihr kam die Haustür in den Sinn. Sie hatte keinen Kratzer bemerkt, keinen Widerstand im Zylinderschloss der auf eine Manipulation hingedeutet hätte. Einfach nichts.

Hier waren Profis am Werk gewesen.

Geschockt ging sie zur Tür und legte die Sicherungskette vor. Etwas, dass sie immer gehasst hatte und selten praktizierte. Hendrik würde sich wundern, er musste klingeln.

Aus dem Kühlschrank nahm sie den Weißwein, schenkte sich ein Glas ein und sank nachdenklich in ihren Lieblingssessel.

30

Köln

Aufgeregt stürmte Alina ins Büro. In der Hand schwenkte sie ein Blatt Papier.

»Kareen, halt dich fest, du glaubst nicht, was die Kölner Kollegen uns geschickt haben.«

Sie gab Wagenknecht das Fax und beobachtete gespannt ihre Reaktion.

Wagenknecht überflog das Fax, verzog ungläubig das Gesicht und las dann nochmals intensiv das Protokoll über die Aussage von Paul Stern.

»Alina, das gibt es doch nicht«, sagte sie enttäuscht.

»Paul Stern hat keine Ahnung, wer ihn entführt hat, wo er war und wie er in die Kirche in Köln gekommen ist. Das kann doch nur bedeuten, das man ihn ständig mit Drogen vollgepumpt hat.«

»Genau, deshalb hat es ja auch so lange gedauert, bis die Ärzte ihn entlassen konnten.«

»Mit anderen Worten Pleite auf der ganzen Linie.« Wagenknecht fühlte, wie sich Frust in ihr breit machte.

»Kareen, ich habe diesen Kollegen Keller in Köln angerufen und nochmals nachgebohrt, ob es nicht doch irgendeinen Hinweis gibt, wo Stern sich die Zeit aufgehalten hat.« Alina hörte sich wütend an. »Aber dieser Typ ist so was von fantasielos, den kannst du vergessen. Vielleicht solltest du dir einmal selbst anhören, was Stern zu sagen hat«, schlug sie vor.

Nachdenklich lehnte Wagenknecht sich in ihrem Bürostuhl zurück. Alina hatte recht. Möglicherweise konnte sie mehr aus Paul Stern herausholen.

»Okay. Alina rufe ihn an und sage ihm, dass ich ihn heute noch in Köln treffen möchte.«

»Wo und wann?«

Wagenknecht überdachte die Situation. Sie musste davon ausgehen, dass er überwacht wurde, sie mussten vorsichtig sein. Sie blickte auf die Uhr, es war kurz vor Mittag. Entschlossen rief sie Blumberg an, informierte ihn über Sterns Aussage und fragte ihn, ob er mit ihr nach Köln fahren könnte.

Er konnte.

»Alina, du hast es mitgekriegt, Blumberg fährt mit und er wird es auch sein, der mit Stern Kontakt aufnimmt. Die kennen sich ja bereits. Sag Stern, er soll um 15 Uhr in der Golfabteilung vom Kaufhof sein. Und gib ihm meine Handynummer.«

»Golfabteilung?«

Alina blickte sie irritiert an.

»Ja, dort soll er sich für Driver oder Eisen interessieren, das wirkt glaubwürdig.«

Langsam begriff Alina.

»Du meinst, Paul Stern wird beobachtet und ist noch nicht raus aus dem Schlamassel?«

»Genau!

Überlege doch mal, das mit der Entführung, wem könnte das eigentlich was gebracht haben?«

»Stimmt, die Frage habe ich mir auch schon gestellt.«

»Ich habe so das Gefühl, dass die Typen, die Stern aus dem Verkehr gezogen haben, mit den Morden nichts zu tun haben. Die Entführung musste einen anderen Grund haben. Nie und nimmer hätten die Mörder von Mansfeld und Bleibtreu Paul Stern laufen lassen.«

»Sehe ich auch so.«

Alina griff zum Telefon.

»Ich versuche den Termin festzumachen. Und wenn du möchtest, mache ich dir vorher noch einen starken Kaffee.«

»Alina, du bist ein Schatz.«

Wie immer war er von der hellen, großzügigen Atmosphäre im Kaufhof angetan. Schon als Kind war er hier unzählige Male mit seiner Oma gewesen. Damals hieß dieses Haus noch Kaufhaus Tietz. Melancholisch dachte er an die Adventszeiten, dann wurden hier täglich Weihnachtsstücke aufgeführt und der Nikolaus kam persönlich zu den Kindern. Damals war das noch etwas ganz Besonderes.

Er dachte an die leckere Brühwurst im Brötchen, die es am Imbissstand gab. Ohne diese Knackwurst war ein Besuch in der Kölner Innenstadt undenkbar. Am liebsten hätte er sich jetzt auch eine gegönnt, wollte Stern aber nicht warten lassen.

Mit der Rolltreppe fuhr Blumberg in den dritten Stock, näherte sich der Golfabteilung, und stöberte erst einmal in der neuen Strickherbstmode herum. Unauffällig beobachtete er dabei die Umgebung. Er sah, wie Paul Stern sich von einem Verkäufer

Golfschläger zeigen ließ. Im Hintergrund bemerkte er einen dunkel gekleideten Mann der offensichtlich Paul Stern beobachtete. Er schätzte ihn auf etwa dreißig, schwarze glatte Haare, Fast Food Figur. Seine getönte Brille würde die Identifizierung auf den Videobändern nicht einfach machen.

Blumberg wollte nicht länger warten. Er ging zu den Angeboten mit den Golfschlägern, besah sich mehrere Eisen, schüttelte hin und wieder den Kopf und entschied sich dann für ein Eisen 7 von Callaway. Auf der ausgelegten grünen Matte machte er einige Probeschwünge, nickte begeistert und ging zu dem Fachverkäufer, der immer noch mit Paul Stern am Diskutieren war.

Verdeckt durch einen Ständer mit Golfhosen stellte er sich neben Paul Stern und drückte ihm unauffällig einen Zettel in die Hand. Danach war er ganz Ohr und ließ sich von Herrn Schmitz, dem Golfexperten, die Vorzüge des Eisens von Callaway erklären.

Der Rest war Routine.

Auf dem Rückzug rempelte Blumberg den Fremden an, entschuldigte sich mit vielem hin und her bis er merkte, dass es Zeit für seinen Abgang war. Er steuerte die Rolltreppe an und sah, dass Stern verschwunden war. Der Fremde ging fluchend durch die einzelnen Verkaufsreihen, blickte suchend über die Ständer mit der Golf Mode, doch Stern war abgetaucht. Blumberg grinste vor sich hin, das war perfekt gelaufen.

»Bin ich froh, dass Sie hier sind«, begrüßte die

Hauptkommissarin Paul Stern einige Minuten später. »Ist Ihnen im Treppenhaus jemand begegnet?«, fragte sie besorgt und betrachtete den Amerikaner etwas genauer. Er hatte abgenommen. Sein Gesicht war hagerer und die Augen glänzten als Nachwirkung der Drogen.

»Nein, kein Mensch, aber warum dieses geheimnisvolle Getue?«

»Kommen Sie, wir müssen jetzt erst einmal von hier weg, dann erkläre ich Ihnen alles.«

Als er wie einbetoniert stehen blieb, griff sie nach seinem Arm und zog ihn mit sanfter Gewalt mit. Ihr war klar, er war sauer auf alle, die ihm vorschreiben wollten, was er zu tun oder zu lassen hatte. Nachdem, was er erlebt hatte, seit er seine Füße auf deutschen Boden gesetzt hatte, war das nicht verwunderlich.

»Entschuldigen Sie, wir sind vorübergehend ein Paar«, sagte sie und hakte sich bei ihm unter. Er zögerte einen Moment, gab dann aber nach. Sie gingen die Gürzenich Straße in Richtung Rheinufer und Wagenknecht zeigte auf ein altes imposantes Gebäude.

»Sie müssen mal über den Teich kommen, wenn hier Karneval gefeiert wird. Wenn die großen, traditionellen Vereine dort im Gürzenich, in der Hochburg des Kölner Karnevals, ihre Sitzungen starten. Das ist ein echtes Erlebnis.«

Verstohlen musterte Stern seine Begleiterin. Er musste zugeben, die Hauptkommissarin war ihm nicht unsympathisch. Sie machte einen soliden, zuvorkommenden Eindruck. Ganz anders als die Beamten im Polizeipräsidium, die ihn rüde ausgequetscht hatten.

»Karneval ist für mich nichts Neues«, erwiderte er.

»Sie wissen doch, mein Geburtsort Engelskirchen ist die Hochburg des bergischen Karnevals.«

Abrupt blieb Wagenknecht stehen.

»Engelskirchen! Wissen Sie eigentlich, dass Ihr Bruder dort immer noch seine Firma hat? Könnte es sein, dass man Sie dorthin verschleppt hat?«

Stern schaute sie verwirrt an.

»Sie glauben, dass Otto mich hat entführen lassen?«

»Es wäre eine Möglichkeit.«

»Warum sollte er das tun? Seit Jahren habe ich keinen Kontakt mehr zu ihm. Und wenn er seine Firma noch in den alten Gemäuern hat, da war ich auf keinen Fall. Da kenne ich jeden Winkel vom Geruch her, dort habe ich in meiner Kindheit jeden Zentimeter durchstöbert.«

Wagenknecht sah das anders, wollte auf der Straße jedoch keine Diskussion aufkommen lassen.

Sie erreichten das Rheinufer und steuerten auf die Buchungsstelle der Köln Düsseldorfer Schiffsflotte zu. An der Anlegebrücke lag die *Adenauer*, benannt nach dem ersten Bundeskanzler der Bundesrepublik Deutschland. Zielsicher bugsierte Wagenknecht sie über den Anlegesteg. An Deck empfing sie Blumberg mit sichtlicher Erleichterung. Eine Weile beobachteten sie, ob noch weitere Fahrgäste kamen, doch außer einem verliebten Pärchen hatte keiner mehr die Rundfahrt gebucht.

Mit viel Schaum am Heck pendelte die *Adenauer* sich in den Rhythmus des Rheins ein. Wagenknecht setzte sich mit den beiden Männern ins Bord Restaurant. Ihr Magen knurrte, außer dem Frühstück hatte sie den ganzen Tag noch nichts gegessen. Sie überflog die Speisenkarte und entschied sich für ein Russen Ei. Kalorien waren heute kein Thema, man durfte ja auch mal schwach sein. Blumberg bestellte sich einen Halven Hahn. Neugierig, was sich hinter dem Gericht Himmel un Äd verbarg, bestellte Stern sich die kölsche Spezialität. Die Runde Gaffel Kölsch, von Blumberg spendiert, gab dem Ganzen den letzten Schliff.

Während des Essens berichtete Stern, auf welche Weise er entführt worden war. Über den Ort, an dem man ihn fest gehalten hatte, konnte er nichts sagen.

»Von dem Augenblick an, wo man mich auf dem Rastplatz mit Chloroform betäubt hat, bis zu dem Moment, wo ich in der Kirche wieder klarer denken konnte, habe ich nicht wirklich was mitbekommen. Ich war ständig benebelt, lichte Momente hatte ich nur, wenn ich zur Toilette geführt wurde. Doch selbst die sind mir nur verschwommen in Erinnerung geblieben.«

»Haben Sie denn gar nichts von der Außenwelt mitbekommen? Geräusche, Stimmen, Straßenlärm, irgend etwas, woraus man schließen könnte, ob Sie in einer Stadt, auf dem Lande, oder sonst wo festgehalten wurden?«, bohrte Wagenknecht weiter.

»Nichts, absolut nichts. Aber es muss ein ordentlich gepflegter Raum gewesen sein mit einer sauberen Liege, sonst hätten meine Sachen anders ausgesehen. Vage kann ich mich an die Toilette erinnern, sie war hell und sauber, geradezu steril.«

Da er nicht fahren musste, bestellte Blumberg für Stern und für sich noch ein Kölsch, Wagenknecht bekam einen Espresso. Nachdenklich sah er auf die Wasserfläche des Flusses. Die Bugwelle des Schiffes verbreitete sich nach außen hin und wurde dann immer flacher. Zufrieden registrierte er, dass der Rhein auf dem besten Weg war, wieder ein sauberer Fluss zu werden. Das Wasser war zwar noch etwas trüb, aber weit besser als die Brühe in den 80er Jahren. Na ja, steril musste so ein Fluss ja auch nicht sein.

Verdammt, das war es, schoss es ihm durch den Kopf. Steril hatte Stern gesagt, die Toilette war geradezu steril. Er spürte ein Kribbeln im Bauch, ihm war plötzlich alles klar. Jetzt hieß es keine Zeit zu verlieren.

»Wir müssen nach Heitsiefen, sofort«, sagte er drängend. Beschwörend blickte er die Hauptkommissarin an.

»Sonst fliegt der Vogel aus, wenn er überhaupt noch da ist.«

Wagenknecht war echt verdattert, bei jedem anderen hätte sie gedacht, dass er plötzlich spinnt. Bei dem erfahrenen Blumberg war das anders. Wenn der so was losließ, hatte das seinen Grund.

»Kurze Info bitte«, bat sie, während sie in ihrer Umhängetasche nach dem Handy griff.

»Ich glaube, ich weiß, wie es gelaufen ist.«

Blumberg sah Stern an.

»Ihr Bruder Otto hat Sie entführen lassen, deshalb die komfortable Behandlung und Ihre plötzliche Freilassung.« Das Gesicht von Stern war ein einziges

Fragezeichen.

»Ihr Bruder hat mit Bleibtreu Geschäfte gemacht und als Sie mit dem Mann Kontakt aufnahmen, hatte der nichts Besseres zu tun, als Ihrem Bruder zu flüstern, dass Sie auf dem Weg ins Alte Europa sind.«

Abwehrend hob Stern die Hände.

»Warum sollte Otto einen Grund gehabt haben, mich entführen zu lassen? Unsere Erbschaftsangelegenheiten haben die Anwälte schon vor Jahren geklärt, er hatte also nichts zu befürchten.«

Es war deutlich, was auch immer geschehen war, den Namen Stern wollte dieser Paul sauber halten.

Blumberg hatte nicht die Absicht, ihn zu schonen, er war sich seiner Sache sicher.

»Sie sind wegen Ihrem Bruder in die USA ausgewandert, oder sehe ich das falsch?« Durchdringend blickte er Stern an, nach Sekunden Widerstand gab dieser auf.

»Ja, das stimmt.«

Blumberg ließ nicht locker.

»Sie haben damals, in den 70er Jahren zusammen mit Ihrem Bruder Kunstgegenstände gefunden, die Nazis bei Juden konfisziert hatten, ist das richtig?«

Stern schien im Boden versinken zu wollen. Sein Gesicht hatte alle Farbe verloren, mit gesenktem Kopf blickte er betroffen auf den Boden.

»Woher wissen Sie das?«, fragte er kaum vernehmbar.

»Sie kennen die Kneipe *Zur Schmiede*?«

»Ja. Jupp Tönges und seine Frau Lisa sind die Wirtsleute. Das heißt, das waren sie früher. Ich weiß nicht, ob sie das heute noch sind.«

»Sie sind, und sie können sich gut an Sie und an Ihren Bruder erinnern.«

Stern blickte hoch, in seinem Blick sah Blumberg, wie elend sich dieser Mann fühlte.

»Mit dem Wirt hatte ich vor kurzem ein Gespräch, es ging da über den heutigen Industriepark, ein Gelände, das ehemals Ihrem Vater gehört hat. Und natürlich war der Name Stern ein Thema, und natürlich auch die heutige Firma Otto Stern, in der man mich wie einen Penner behandelt hat.«

Der Gesichtsausdruck von Paul Stern zeigte, wie angespannt er war.

»Und für den Fall, dass dem Wirt zu diesem Thema noch etwas einfallen sollte, habe ich ihm meine Karte gegeben«, erklärte Blumberg weiter.

»Nun, gestern Abend rief er mich an und erzählte, dass er sich an ein Gespräch zwischen Ihnen und Ihrem Bruder in seiner Kneipe erinnern könnte. Genauer gesagt, sie beide wären stark betrunken gewesen und hätten von einem Millionenschatz gefaselt, den sie unter der Jagdhütte ihres Vaters gefunden hatten. Und Sie hätten immer wieder zu Ihrem Bruder gesagt, dass Blut an den Sachen klebe und dass diese der Polizei übergeben werden müssten. Am Schluss wäre es dann zu einem heftigen Streit zwischen ihnen gekommen und der Wirt hat sie aus der Kneipe geworfen.«

Paul Stern konnte nicht mehr, er knallte seinen Kopf auf die Tischplatte und hielt sich die Ohren zu.

»Das hat mich mein Leben lang verfolgt«,

schluchzte er. »Dieses Unrecht an den Menschen, denen diese Gegenstände einmal gehört haben. Bei jedem Stück sah ich das furchtbare Schicksal, das dahinter stand. Und Otto wollte aus dieser Raubbeute Kapital schlagen, einfach unvorstellbar.« Er wischte sich mit dem Ärmel über das Gesicht.

»Dabei war unsere Familie auch jüdisch, sie wurde nur verschont, weil mein Vater die Uniformen, die er in seiner Tuchfabrik herstellte, den Nazis weit unter Preis verkaufte.«

Mit leichtem Druck legte Wagenknecht ihre Hand auf seine Schulter.

»Beruhigen Sie sich, Ihnen wird doch kein Vorwurf gemacht.«

Blumberg gab ihr im Stillen zwar recht aber der Rest musste aus Stern nun auch noch heraus.

Die Aussöhnung kam später.

»Und wieso lag dieser Millionenschatz ausgerechnet unter der Jagdhütte Ihres Vaters, wenn er nichts damit zu tun hatte?«, meinte er provokativ.

Der Kopf von Stern schnellte hoch, mit geröteten Augen sah er Blumberg empört an.

»Sagen Sie nichts über meinen Vater«, stieß er hervor, »der hat in der schweren Zeit vielen, sehr vielen verfolgten Juden geholfen. Oft genug hat er sich dadurch selbst in Gefahr gebracht.«

Beschwichtigend hob Blumberg die Hände.

»Ich weiß, dass Ihr Vater viel Gutes getan hat, also beruhigen Sie sich. Aber erklären Sie uns, wie es dazu kam, das Sie und Ihr Bruder die Sachen unter der Jagdhütte fanden.«

»Ganz einfach, das Jagdgebiet hatten wir verkauft und der neue Besitzer wollte sich ein neues Jagdhaus bauen. Nach dem Abriss der alten Hütte sind Otto und ich nochmals dort hingegangen, haben in den Resten rumgestochert und eine Abdeckung im Boden entdeckt. Darunter war ein ausgebauter Kellerraum, voll gestopft mit Metallkisten.«

»Was glauben Sie, wie die Kisten dort hin gekommen sind?«, hakte Wagenknecht nach.

»Nun, die Nazis hatten das Jagdgelände damals beschlagnahmt, verdiente Parteibonzen und gute Freunde von Göring wurden zur Jagd eingeladen. Diese durften dann einen Rehbock oder eine Sau schießen. Veranstaltungen, die regelmäßig mit schweren Besäufnissen endeten. Göring war einige Male da und hat vermutlich veranlasst, dass die Kisten unter der Jagdhütte deponiert wurden.«

Minutenlang herrschte Schweigen in der Runde. Durch die Drosselung der schweren Dieselmotoren ging ein Vibrieren durch den Rumpf des Schiffes und sanft legte sich die *Adenauer* seitlich an den Schiffsanleger. Wolfsbach stand mit dem Dienstwagen am Anlegesteg. Seinem Gesichtsausdruck nach war er stinksauer, dass er hatte warten müssen. Geflissentlich übersah Wagenknecht den Miesepeter, wandte sich an Paul Stern und bat ihn, sie nach Heitsiefen zu begleiten.

»Vielleicht können Sie sich ja doch an einige Dinge erinnern, und wäre es nur an die Toilette«, meinte sie trocken.

»Heitsiefen, wohnt dort Otto?«, fragte Stern

bedrückt.

»Wohnen, so könnte man es auch nennen«, meinte Blumberg.

»Sie werden überrascht sein.«

31

Heitsiefen

Unterwegs auf der Fahrt nach Reichshof scheuchte Wagenknecht ihr Team in Gummersbach hoch.

»Ihr riegelt den gesamten Hof in Heitsiefen ab«, befahl sie, »und macht es so, dass es nicht bemerkt wird. Kommt jemand, lasst ihr ihn durch, aber keinen mehr heraus. Solltet ihr gefragt werden, wir sind in einer Ermittlungssache tätig. Und seit vorsichtig, da sind einige Typen, die könnten bewaffnet sein. In einer knappen Stunde sind wir da.«

Es war mal wieder dieses komische Gefühl, das Blumberg immer dann beschlich, wenn etwas ganz und gar nicht stimmte.

Diesmal war es besonders schlimm.

Bevor sie in den Seitenweg einbogen, der zum Hof führte, kam Henny Strassfeld hinter einem Gebüsch hervor. Er informierte sie, dass alles ruhig sei und dass niemand gekommen wäre.

»Das hört sich schon mal gut an, zieht den Kreis jetzt enger. Und haltet uns den Rücken frei«, ordnete Wagenknecht an. »Herr Stern bleibt bei euch, in Deckung versteht sich.«

Blumberg sagte nichts dazu, das mulmige Gefühl wurde stärker. Es war noch hell, kurz vor Beginn der

Dämmerung. Langsam fuhren sie den schmalen Weg hinunter, seine Augen schmerzten, so angestrengt musterte er die Hofanlage. Keine Menschenseele war zu sehen, alle Türen und Tore geschlossen, alles wie ausgeflogen.

Wagenknecht schien den gleichen Gedanken zu haben.

»Entweder ist das Ganze hier ein Irrtum oder wir kommen zu spät, die sind weg«, meinte sie in den Raum hinein.

Wolfsbach wusste es genau.

»Glaubt doch wohl keiner, dass hier am Arsch der Welt sich etwas Besonderes bewegt«, kommentierte er weltmännisch, »das ganz große Theater findet auf anderen Bühnen statt.«

Blumberg wünschte, dass der Hoffnungsträger der Kripo ausnahmsweise mal Recht hatte.

»Sie müssen vor dem Hof aussteigen«, wandte sich die Hauptkommissarin an Blumberg. »Bei der Aktion darf ich Sie als Zivilist nicht dabei haben.«

Das war wieder so ein Tag, an dem Blumberg besonders schlecht hörte.

»Wenn Ihnen etwas passiert, kocht Ihre Elsa mich gar und weckt mich ein«, meinte sie weiter.

»Sie kennen Elsa ja schon verdammt gut.«

»Stimmt.«

Und dann lachten sie herzhaft.

Wolfsbach stützte sich mit beiden Händen gegen die Wand und kotzte sich die Seele aus dem Leib. Die formlose Masse der Gesichter, die blutigen, hervorquellenden Därme, die Bilder wollten einfach nicht aus seinem Kopf.

»Wolfsbach, benachrichtigen Sie Kriminalrat Schneider, er soll die Staatsanwaltschaft informieren«, hörte er wie in Trance die Stimme seiner Chefin. »Auch die Kriminaltechnik, das volle Programm. Und der Bestatter soll gleich mehrere Metallboxen mitbringen.« Er fummelte in seinen Taschen nach einem Tempo und versuchte, sein Stehvermögen zu stabilisieren, er fühlte sich todelend.

»Es ist in Ordnung, Junge«, versuchte Blumberg ihn zu beruhigen, »das hier ist wirklich ganz eklig, da habe auch ich Probleme mit.«

»Das waren doch Menschen«, schniefte Wolfsbach, »Menschen, die eben noch gelebt haben.«

Im Türrahmen sah die Hauptkommissarin Paul Stern stehen. Er sah aus, als wenn er jeden Moment zusammenklappen würde. Sie gab Wolfsbach ein Zeichen, dass er mit ihm nach draußen gehen sollte. Gefahr bestand keine mehr, die Killer waren über alle Berge. Bei den Opfern hatte bereits die Leichenstarre eingesetzt, sie waren seit Stunden tot.

Bevor die ganze Truppe auftauchte, wollte sich Wagenknecht ein umfassendes Bild von der Anlage machen. Sie informierte Blumberg, er wollte auch.

Wie vermutet, wurden die Container offensichtlich für Kunst-Ausstellungen benutzt. Sie waren eingerichtet mit Glasvitrinen, Sockelelemente für Skulpturen, mit Aufhänge Systeme für Bilder. Sehr aufwendig war die Beleuchtungsanlage. An der Wand entdeckten sie einen Steuerungskasten, von dem aus jeder Strahler einzeln bewegt und gedimmt werden konnte. Selbst die Farbtemperatur war einstellbar. Für die gleichmäßige Raumtemperatur und eine genau abgestimmte Luftfeuchtigkeit sorgte die automatisch geregelte Klimaanlage.

»Irre, hier eine solche Technik«, staunte Blumberg. Jetzt allerdings war nichts mehr mit Kunst, alles war ausgeräumt, abgehangen, die Kunst hatte ihre Besitzer gewechselt. Im vierten Container stand hinter einer Trennwand eine Liege, wie sie in Behandlungszimmern von Ärzten zu finden war. Der kleine Unterschied waren die oben und unten angebrachten Kunststoffgurte. Auf einem viereckigen weißen Tisch stand Desinfektionsspray, lagen Tupfer, Pflaster, sowie in einer Nierenschale Einwegspritzen und steril eingeschweißte Kanülen. Daneben stand eine gelbe Entsorgungsbox mit rotem Deckel für Infektionsmaterial.

»Hier also wurde Paul Stern festgehalten.«

Wagenknecht schüttelte die Entsorgungsbox.

»Nach der Anzahl der benutzten Spritzen und Kanülen zu urteilen, haben sie ihm eine Menge verabreicht«, stellte sie fest.

»Und ich stand vor kurzem neben diesem Container und habe nichts bemerkt.« Blumberg fasste es nicht.

»Machen Sie sich keine Vorwürfe. Sie konnten nichts bemerken, Fenster gibt es keine und der Container ist gegen Geräusche isoliert«, beruhigte sie ihn. »Otto Stern hat seine Kunstgalerie, wenn man sie mal so nennen will, wirklich professionell betrieben, das muss man ihm lassen. Und er hat hier nicht nur die

Raubkunst, die er mit seinem Bruder gefunden hat, verhökert, hier sind noch andere dicke Geschäfte gelaufen, da bin ich mir sicher.«

»Er betreibt Hehlerei im großen Stil, darauf wette ich mein Lieblingssofa«, resümierte Blumberg.

»Sie behalten Ihr Sofa, ich sehe das genauso.«

Wagenknecht zeigte auf den Ausgang der Halle.

»Wir sollten uns noch das Wohnhaus ansehen, bevor die Meute hier auftaucht.«

Im Hof kam ihnen Heike Bachem mit schnellen Schritten entgegen.

»Kareen, wir haben im Wohnhaus noch einen Toten gefunden, ich glaube, es ist Otto Stern.«

Sie gingen durch die Diele, die voll gestopft war mit großformatigen Nippes Figuren, ähnlich denen, die sie auf dem Messestand gesehen hatten. Nichts deutete auf ein gewaltsames Eindringen hin. Heike Bachem zeigte auf eine breite Lamellentür und Wagenknecht schob sie langsam auf.

Mit dem Rücken zu ihnen saß auf einer weißen Ledercouch ein Mann, schwarz gekleidet, klein und gedrungen, die schwarzen Haare glatt nach hinten gekämmt, den Kopf nach vorne gesunken. Alles wirkte friedlich, so als hielte er gerade ein Nickerchen. Nur das kreisrunde Loch in seinem Nacken passte nicht so recht dazu und der rote Fleck auf dem edlen Leder wäre auch nicht nötig gewesen.

Wagenknecht umrundete den Toten, ging in die Knie, sah prüfend in das Gesicht von Otto Stern und blickte Blumberg an.

»Was ist Ihre Meinung?«

»Er hat nichts geahnt und es müssen mindestens zwei Personen gewesen sein. Sehen Sie sich seinen Gesichtsausdruck an, er hat sich entspannt mit jemandem unterhalten, dabei hat ihn ein anderer von hinten erschossen. Wenn man so will, ein schöner Tod.«

»Na toll.«

Heike Bachem schüttelte sich, ihr lief ein Schauer über den Rücken.

»Zumindest hat er einen sauberen Tod gehabt als seine beiden Helfer«, stellte Wagenknecht sachlich fest.

»Und die blonde Schöne kann aus Dankbarkeit, dass sie nicht hier war, auf den Knien nach Kevelaer pilgern. Sie würde sonst hier neben ihrem Otto sitzen«, meinte Blumberg lakonisch.

»Der Mord an Stern muss passiert sein, bevor die beiden Männer erschossen wurden«, mutmaßte Heike Bachem. »Sonst hätte er niemals so ruhig auf dem Sofa gesessen.«

Blumberg zeigte auf den Toten.

»Er hat seine Besucher gekannt, er hatte Vertrauen zu ihnen. Ich denke, es lief in etwa parallel ab. Erst wurde Stern erschossen und zeitgleich die Männer in der Halle eliminiert.«

»So eine gemeine Schweinerei«, Heike Bachem konnte auch auf emotional.

»Er hat seinen Wert überschätzt«, meinte ihre Chefin.

»Fazit.«

Heike Bachem fasste zusammen:

»Otto Stern wurde hingerichtet, seine beiden

Kanthölzer mit Maschinenpistolen durchsiebt, Mansfeld gefoltert und erschossen, Bleibtreu im Puff ebenfalls hingerichtet. Und die arme Sau von einem Wachmann in Engelskirchen wurde ein Opfer willkürlicher Gewalt.«

Frustriert blickte sie ihre Chefin an.

»Aber wer bitte schön ist eigentlich für die ganze Sauerei verantwortlich? Und ich meine nicht irgendein Syndikat, eine Mafia, ich will den Kopf der Medusa!«

Sie hörten näherkommendes, lautes nervende Sirenengeheul, Quietschen von Autoreifen, hektische laute Befehle. Und als wenn das alles noch nicht genug wäre, kündete ein Dröhnen von schweren Rotoren hohen Besuch an.

»Ach du liebe Güte«, stöhnte Wagenknecht, »die haben ein Sondereinsatzkommando geschickt. Und im Hubschrauber sitzen garantiert Schneider und die Staatsanwaltschaft aus Köln. Heike, kümmere dich um Paul Stern, der dreht mir sonst noch durch.«

Bevor sie rausging bat sie Blumberg, bei dem Gespräch mit dem Staatsanwalt dabei zu sein.

»Kein Problem«, stimmte er zu. »Ich rufe Elsa an, dass es später wird. Ich kann mich auch um Paul Stern kümmern und ihm zeigen, wo er die Tage hier vor sich hin geduselt hat.«

Wagenknecht überlegte kurz und nickte dann zustimmend. Kurz vor der Tür drehte sie sich nochmals um.

»Versuchen Sie ihm klarzumachen, dass sein Bruder nie die Absicht hatte, ihm ernstlich zu schaden. Dass seine Isolierung nur den Zweck hatte, ihn so lange aus dem Verkehr zu ziehen, bis Otto die restlichen Kunstgegenstände in Sicherheit gebracht hatte. Er hätte Angst gehabt, das Paul die alte Geschichte doch noch an die große Glocke hängen würde. Ich glaube, das wird ihn etwas trösten.«

»Eine gute Idee«, fand auch Blumberg.

»Und Herr Blumberg«, die Hauptkommissarin sah ihn ernst an, »danke für Ihre Hilfe. Ihre Inspiration hier mit Heitsiefen, das war eine richtig gute Nummer.«

32

Reichshof, Jagdhütte

»The Closest Thing To Crazy«, ihr Lieblingssong auf dem Handy, aber nicht jetzt.

»Hendrik, geh bitte dran und sag ihnen, ich bin nicht da.«

Katie Melua sang weiter, die Stimme weich und einlullend.

»Hendrik?«

Sie fühlte neben sich, doch da war kein Hendrik, das Bett war leer und das Laken kalt. Sie tastete nach dem Handy, blickte aufs Display und sah, dass es bereits 8.30 Uhr war.

»Das darf doch nicht wahr sein«, grummelte sie, »ich habe verpennt.«

Alina war dran.

»Kareen, entschuldige, ich habe mir Sorgen gemacht, weil du noch nicht hier bist, und es ist wichtig.«

»Ich brauche noch drei Minuten, ich melde mich.« Sie sank aufs Kissen zurück.

Die Bilder von Heitsiefen spulten sich vor ihren Augen ab wie in einem schlechten Film. Völlig fertig war sie in der Nacht nach Hause gekommen. Hendrik, der auf sie gewartet hatte, brauchte sie nichts zu erklären, er wusste was zu tun war. Kurzerhand hatte er sie in die Badewanne gesteckt, ihr ein Glas Rotwein und einen Teller gewürfelten Käse gebracht. Dabei hatte sie sich wunderbar entspannen können. Anschließend hatte sie geschlafen wie eine Tote.

Seufzend setzte sie sich auf und rief Alina zurück.

»Entschuldige bitte, aber ich war noch nicht ganz so weit«, sagte sie.

»Kareen, ich hätte dich ja schlafen lassen, aber Henny hat endlich die letzte verschlüsselte Datei auf dem Laptop von Mansfeld geknackt. Halt dich fest, du wirst es nicht für möglich halten, wer hinter dem ganzen Mist steckt, der hier im Bergischen produziert wurde.«

»Willst du damit sagen, ihr habt einen Namen?«

Wagenknecht war wie elektrisiert. Das Handy am Ohr zog sie ihre Wäsche an und stieg in die Jeans. Zum Duschen hatte sie keine Ruhe.

»Klar, die Heike läuft herum wie zu Weihnachten bei der Bescherung. Sie hat den Kopf der Medusa.«

»Wer ist es?«

Alina flüsterte den Namen, offensichtlich konnte sie es selbst kaum glauben.

»Sag das noch mal.«

Wagenknecht plumpste aufs Bett.

»Und ihr seid euch ganz sicher?«

»Ja!

In Form eines Organigramms ist in der Datei alles fein aufgeführt: Die Europaweit verzweigte Struktur der Organisation, die gesamten Transaktionen des Syndikats, sogar die Verbindungsleute sowohl in der Schweiz als auch die in Osteuropa sind namentlich notiert.«

»Na, dann Prost Mahlzeit. Der Urlaub für die nächsten Wochen ist für uns ja wohl gestrichen«, meinte Wagenknecht trocken.

An der ersten Kreuzung in Eckenhagen fuhren sie links in Richtung des Freizeitbades Monte Mare. Wenn man der Lokalpresse glauben durfte, hatte sich seit der Neueröffnung das Familien Erlebnisbad zu einem Publikumsmagneten entwickelt. Selbst an diesem Nachmittag mitten in der Woche war der Parkplatz brechend voll.

»Wenigstens scheinen sich die Millionen, die dort investiert wurden, gelohnt zu haben«, äußerte sich Steinfeld und zeigte auf das imposante Gelände.

»Seit ihr schon mal da gewesen?«, fragte Blumberg.

»Nein, wir haben uns das zwar schon mehrfach vorgenommen, aber du weißt ja, wie das ist. Es kommt einem was dazwischen, man kriegt den Hintern nicht hoch oder Agnes wollte nicht. Aber es muss dort richtig klasse sein. Bekannte von uns waren da und schwärmten von dem Wellnessbereich mit Saunalandschaft. Auch das Schwimmbad muss ganz toll sein. Dazu kannst du spezielle Arrangements buchen, so mit Massage, mit allem drum und dran. Und die Preise sollen wohl auch human sein.«

»Hört sich gut an Lutz, das muss ich mal Elsa sagen, die ist ja so eine richtige Wasserratte. Früher in Köln ging sie immer in das Agrippabad, jetzt in Nümbrecht hat sie eine Jahreskarte für das Hallenbad im Ort. Aber zwischendurch mal was anderes sehen, kann ja auch nicht schaden.«

Die Straße führte schnurstracks durch Hahnbuche und Halsterbach. Oberhalb des Ortes ging Steinfeld auf die Bremse.

»Jetzt hätte ich fast die Abfahrt nach Hecke verpasst«, knurrte er in sich hinein.

Blumberg war mit seinen Gedanken schon weiter.

»Lutz, kommen wir ungesehen an die Jagdhütte heran, oder müssen wir quasi öffentlich vorfahren?«, meinte er.

Steinfeld winkte ab.

»Wir brauchen uns nicht heranzuschleichen, als Förster fahre ich dort öfters vorbei, das ist also nicht weiter auffällig.«

»Lutz, ich weiß nicht warum, aber ich habe plötzlich so ein saudummes Gefühl«, gab Blumberg überraschend von sich.

»Aber Carl, du hast doch gesagt, das Nest der Bande würde quasi zeitgleich von der Kripo ausgehoben, da kann doch hier gar nichts passieren.«

»Trotzdem, parke das Auto da, wo es nicht gesehen werden kann, den Rest gehen wir zu Fuß.«

»Tolle Aussichten, bin ich froh, dass ich meine Flinte dabei habe«, schnarzte Steinfeld. Er bog in einen Waldweg ein und hielt nach zweihundert Metern unter den tief hängenden Zweigen einer Fichte. Er zeigte auf die Kanzel, die rechts am Rande einer Kahlfläche stand.

»Dort genau ist die Schnittstelle, wo die Wildschweine in den Buchenwald wechseln, so manch schöne Sau habe ich hier schon geschossen«, erklärte er euphorisch.

»Beten wir zu unserem Chef da oben, dass du nicht gleich auf eine andere Sau schießen musst, auf eine mit zwei Beinen«, brummte Blumberg.

»Carl, du machst es richtig spannend.«

Steinfeld nahm sein Gewehr vom Rücksitz und befahl den Hunden von der Ladefläche zu springen. Doch Blumberg wollte eigentlich nicht mehr. Er konnte es nicht verantworten, Steinfeld in Gefahr zu bringen. Das Risiko war zu groß.

»Du Lutz, ich glaube, wir lassen das, es ist zu gefährlich. Wenn in der Hütte doch jemand ist, sehen wir schlecht aus. Das sind Killer, die schießen uns ohne Pardon über den Haufen.«

Perplex sah ihn Steinfeld an.

»Das ist jetzt nicht dein Ernst, oder?«

»Doch, ich habe ehrlich gesagt ein ganz schlechtes Gefühl. Wir müssen an unsere Frauen denken.«

Nachdenklich sah Steinfeld seinen Freund an, wenn der so was losließ, hatte das seinen Grund. Carl hatte Instinkt, sonst hätte er bei der Mordkommission nicht überlebt.

»Gut Carl, wir machen es so: Du bleibst mit Max am Wagen und ich werde mit Eika einen Pirschgang machen. An der Jagdhütte werde ich zielstrebig vorbeigehen. Steht da ein Auto, lasse ich das links liegen. Sollte mich einer beobachten, wird er also nichts dabei finden. Aber dann wissen wir wenigstens, ob da einer ist.«

Blumberg gab sich einen Ruck.

»In Ordnung, aber ich bin hinter dir, unsichtbar.

Und wenn du an der Hütte ein Auto stehen siehst, drehst du um. Du gehst erst gar nicht bis zur Hütte hin. Ist das klar?«

Steinfeld nickte und machte dann große Augen. Blumberg fummelte in seiner Jackentasche herum und zog eine kleinkalibrige Pistole heraus.

»Die ist für alle Fälle und jetzt los.«

Kopfschüttelnd trabte Steinfeld an.

Carl als Ruheständler mit einer Pistole, er fühlte sich plötzlich nicht mehr wohl.

Sicherheitshalber entschied er sich für den Weg durch den Fichtenwald, da hatte er mehr Deckung. Eika spürte seine Nervosität, sie winselte unruhig. Beruhigend redete er ihr zu und blickte zurück. Carl und Max waren verschwunden. Wie bei Räuber und Gendarm dachte er und konnte sich dann doch ein Grinsen nicht verkneifen.

In seiner Jackentasche vibrierte das Handy.

»Das passt jetzt aber gar nicht«, knurrte Blumberg. Er blickte auf das Display, es war die Hauptkommissarin. Ignorieren ging nicht.

»Wo sind Sie?«, fragte Wagenknecht, bevor er überhaupt einen Ton herausbrachte.

»Ich bin mit Steinfeld kurz vor der Jagdhütte.«

»Um Gottes Willen, kehren Sie sofort um und warten Sie, bis wir kommen.«

Blumberg hörte noch, als sie sagte, dass der Boss der Bande entwischt wäre, als vor ihm ein Schuss fiel. Besorgt brummelte er ins Handy, dass er sich gleich wieder melden würde, und eilte dann mit Max vorwärts. Von Steinfeld war keine Haarspitze zu sehen. Er überlegte, ob das ein gutes oder ein schlechtes Zeichen war, als ein weiterer Schuss fiel. Dann sah er den Förster hinter einer dicken Fichte stehen. Augenscheinlich war er unverletzt.

Schnell zog sich Blumberg mit Max hinter einem Wacholdergebüsch zurück und überblickte die Situation. Der Schütze musste hinter dem Holzvorrat stehen, der vor der Hütte gestapelt war. Von dort aus hatte er freies Schussfeld. Es sah schlecht aus für Steinfeld, von seiner Fichte kam er nicht mehr weg.

Angespannt schätzte Blumberg die Entfernung bis zum Holzstapel und kam zu dem Schluss, dass er näher heran musste, um Steinfeld Deckung geben zu können. Besser wäre es, er könnte den Schützen von hinten fassen. Aber es musste schnell gehen, lange würde Steinfeld nicht durchhalten. Das Handy vibrierte immer noch, es machte ihn nervös, er schaltete es aus.

Abschätzend betrachtete er die Anpflanzung entlang der Terrasse, die sich bis zur Vorderseite der Hütte hinstreckte. Die dichten Sträucher würden ihm Sichtschutz geben, er musste es versuchen.

Seine einzige Chance.

Wieder fiel ein Schuss.

Er nutzte die Situation und bewegte sich mit Max hinter dem Gebüsch auf die Hütte zu. Angespannt beobachtete er die Fenster. Nichts rührte sich, kein Laut. Nach vorne raus stand die Tür offen. Außer dem Schützen schien niemand da zu sein.

Wenigstens etwas Gutes.

Geräuschlos ging er über die Terrasse, blickte um die Ecke der Hütte und registrierte, dass der Schütze wie vermutet, hinter dem Holzstapel stand. Gut geschützt, der reinste Schießstand.

Hinter der Fichte, wo Steinfeld stand, bemerkte er eine Bewegung. Verdammt, Steinfeld konnte nicht mehr, er musste etwas unternehmen. Doch ohne Vorwarnung den Schützen in den Rücken schießen, ging nicht, er müsste ihn ansprechen. Aber der würde sich nie ergeben und ihn in Notwehr töten, wäre zu billig. Dieser skrupellose Verbrecher sollte schmoren, hinter Gitter, für den Rest seines Lebens.

Es gab nur eine Möglichkeit, die Ausbildung von Max musste sich wieder einmal bewähren.

Blumberg beugte sich zu ihm hinunter, streichelte sanft seinen Kopf und flüsterte ihm beruhigend zu. Max setzte sich auf die Hinterläufe und blickte ihn konzentriert an. Seine Art zu sagen, dass er sich auf ihn verlassen konnte. Es war ein altes Ritual zwischen ihnen, aus zwei Seelen wurde eine, sie fühlten miteinander, vertrauten einander.

»Gut Max, bringen wir es hinter uns.«

Langsam löste Blumberg die Leine und gab Max das Zeichen, an seiner Seite zu bleiben. Für Max war das verbindlich, solange das galt, würde er sich keinen Zentimeter von seinem Chef entfernen. Den Kopf erhoben, witterte er nach vorne, seine Rückenhaare stellten sich auf wie spitze Borsten, ein sicheres Zeichen, dass Gefahr bestand.

Den Befehl, den er jetzt geben musste, hasste Blumberg aus tiefstem Herzen. Jedes Mal wurde ihm schlecht bei dem Gedanken, dass er den Hund in den Tod schicken würde.

»Max, hab Acht«, flüsterte er und streckte langsam seinen Arm nach vorne.

»Max, fass ihn.«

Über den allmächtigen Boss der Kunstmafia kam das Ende geräuschlos. Im letzten Moment schien er den schwarzen Schatten zu bemerken, der ihn mit einem mächtigen Sprung zu Boden warf. Aber es war zu spät. Er fühlte die Reißzähne an seinem Nacken und wagte nicht sich zu bewegen. Mit aufgerissenen Augen starrte er zu Blumberg hoch, der auf ihn hinunterblickte.

»Merzbach, es ist aus.

Zukünftig müssen Sie sich den Dom durch die Gitterstäbe Ihrer Zelle im Klingelpütz betrachten. Wenn man so will, ist das sogar ein besonderes Kunsterlebnis.« Blumberg konnte nicht anders, das musste er loswerden.

Steinfeld kam mit Eika angetrabt und stellte sich neben sie.

»Carl, danke, mir schliefen schon die Beine ein und schießen konnte ich nicht, der bemerkte jede Bewegung von mir.«

»Alles ist gut, Lutz, wir haben ihn.«

Steinfeld registrierte jetzt erst, wen er vor sich hatte, das Bild des Mannes hatte er schon mal in der Zeitung gesehen.

»Das ist doch der Merzbach, der von dem Auktionshaus in Köln«, meinte er total überrascht.

»Der Wohltäter der Menschheit.«

»Genau der, Lutz.«

»Das ist ja sensationell.«

Der Rest lief dann entspannt ab. Merzbach wurde von den Hunden bewacht, er versuchte erst gar nicht aufzumucken. Seine blütenweißen Manschetten waren auch nicht mehr weiß und sein designiertes Gesicht fiel immer mehr in sich zusammen.

Blumberg aktivierte sein Handy und rief die Hauptkommissarin an. Sie war nur ein paar Minuten entfernt und wäre gleich da, sagte sie und er horchte dem Klang ihrer Stimme nach. Es hörte sich nicht gut an, sie war sauer, richtig sauer. Und sie hatte ja recht, er konnte sie verstehen.

Als sie ankam, blickte sie ihn gnadenlos an.

»Eingeweckt«, knurrte sie.

»Elsa hätte mich eingeweckt.«

33

Nümbrecht

Der Blick über das Bergische war grandios und die Stimmung nicht zu toppen. Elsa reichte als Dessert eine riesige Schüssel Bergischen Pudding mit aufgeschichtetem Zwieback. Kreiert nach dem Rezept von Tante Frieda. Das »Ah« und »Oh« der Gäste war nicht zu überhören.

Steinfeld, seine Frau Agnes, Wagenknecht mit ihrem Hendrik und das gesamte Team der Hauptkommissarin bevölkerten die Terrasse. Blumberg hatte einen riesigen Kessel Gulaschsuppe nach bergischer Art gezaubert, dazu gab es knuspriges Stangenbrot aus seiner Lieblingsbäckerei. Und das Pittermännchen mit Zunft Kölsch war auch nicht zu verachten.

Für alle war Taxi angesagt.

Im Mittelpunkt standen die geklärten Mordfälle.

»Warum wurden die Kunsthändler Mansfeld und dieser Bleibtreu eigentlich erschossen, wo sie doch Mitglieder der Mafia waren?«, fragte Elsa in die Runde.

»Wie das so ist, die bekamen den Hals nicht voll und haben auf eigene Rechnung Dinger gedreht. Und das geht in so einem Verein überhaupt nicht, da kann man sich gleich einen Grabstein bestellen«, informierte Wagenknecht.

»Aber warum wurde Mansfeld vorher noch so ekelhaft gefoltert?«, hakte Steinfeld nach.

»Es ging um die unterschlagenen Bilder und die Adressen der Käufer, mit denen er gedealt hat, die wollte Merzbach aus ihm herausquetschen.«

»Was hat die Welt doch oft für Scheuklappen auf«, stellte Elsa lakonisch fest. »Da ist der Inhaber eines seriösen Kunsthauses jahrzehntelang der Kopf einer Mafia. Er gibt Morde in Auftrag, betrügt die Leute im großen Stil, verdient ein Schweinegeld und keiner hat was bemerkt.

Kaum zu glauben.

Nur gut, dass ihr diesen Kommodenheiligen erwischt habt.«

»Ihr müsstet sein Penthouse mal sehen, das er über seinen Geschäftsräumen hat«, schwärmte Henny Strassfeld. »Irre, alles nur vom Feinsten. Auf dem Dachgarten gibt es sogar ein Schwimmbad.«

»Irre ist allerdings auch«, warf Heike Bachem ein, »dass er in seinem Safe sämtliche Unterlagen über die Organisation aufbewahrt hat. Stellt euch mal vor, alleine im Umfeld von Köln gibt es drei Wohnungen, die von Mitgliedern der Mafia im Wechsel benutzt wurden.«

»Heißt das, wenn da so ein Auftragskiller gerufen wurde, stand für den schon ein warmes Bett bereit, ohne dass er in einem Hotel oder so, registriert wurde?« Fragend sah Hendrik seine Kareen an.

»Genau. Darum sind die ja auch nie aufgefallen. Aber das ist erst der Anfang, das Netz zieht sich über ganz Europa. Es besteht der Verdacht, dass auch mit

Drogen gedealt wurde, speziell in Holland und Belgien. Europol und Kollegen haben jetzt richtig was zu tun.

Aber«, Wagenknecht hob ihr Glas.

»Jetzt Leute, ist Themawechsel. Heute dürfen wir die schönen Dinge des Lebens genießen. Und hier ein ganz liebes Dankeschön an unsere Gastgeber.«

Sie blickte zu Elsa und Carl hin.

»Gut, das Sie ins Bergische gezogen sind. Da haben wir jetzt endlich ein Zuhause, wo wir verwöhnt werden und uns auch mal ausheulen können.

Danke.

Gut, dass es Sie beide gibt.«

Wolfsbach fand die Gelegenheit passend, einen »Toast auf unsere aller Leistungen« hervor zu nuscheln, bevor er sich besäuselt in die Hängematte pflanzte.

Elsas Augen wurden feucht, sie musste plötzlich in die Küche. Carl hatte Mühe, seine Verlegenheit zu überdecken und meinte zu Lutz, sie könnten sich ja mal die Beine vertreten.

Beine vertreten!

Durch das Küchenfenster sah Elsa sie kurze Zeit später auf der Gartenbank beim Rhododendron sitzen. Kritisch bekneiste sie das Tablett mit den Bierchen, das die beiden zwischen sich platziert hatten. Max und Eika hatten es sich vor den Füßen ihrer Chefs gemütlich gemacht und genossen die Wärme der Nachmittagssonne.

Es war eindeutig, die Welt konnte sie mal.

Allzu gerne hätte Elsa gewusst, wie das an der Jagdhütte bei der Festnahme von dem Merzbach tatsächlich gelaufen war. Doch auf diesem Ohr waren alle taub.

Carl und Lutz machten einen auf Statist.

Hauptkommissarin Wagenknecht suhlte sich im Dienstgeheimnis und Max zog bei der Frage den Schwanz ein und blickte unschuldig in die Gegend.

Elsa war richtig stolz auf ihre Truppe, aber auch sie konnte den Mund halten, und wie!

eBooks
sofort zum Lesen

Print-Ausgaben
eBooks:

Erhältlich bei Ihrem
Lieblings-Buchhändler
und in den Online-Shops:

EDUARD BLUM

Langeoog
Haie

BLUM KRIMI

1. KAPITEL

In Vorfreude auf einen schönen Abend mit Hindrik verließ Kathrin Hansen am Bahnhof Langeoog die Inselbahn und staunte mal wieder über das Gedränge bei der Gepäckausgabe. Mit zusammengekniffenen Augen beobachtete sie einen älteren Mann, der hektisch seinen Trolley aus einem der Bahncontainer zerrte und dem es nichts auszumachen schien, dass zwei fremde Gepäckstücke zu Boden polterten. Ohne < sich weiter darum zu kümmern, drängte er sich durch die Leute und zog davon. Ein Verhalten, das Kathrin Hansen in Rage versetzte. Doch sie wollte sich ihre gute Laune durch eine Konfrontation nicht verderben lassen. Mit den Gedanken bereits bei den Vorbereitungen für den Abend ging sie zu ihrem am Bahnhof geparkten Bike. Und wie konnte es auch anders sein, auf der Fahrt zur Dienststelle setzten leckere Angebote einiger Restaurants, und zu guter letzt auch noch die Ankündigung ihres Weinhändlers über einen jüngst eingetroffenen Chardonnay, ihrem knurrenden Magen gewaltig zu. Dadurch, dass sie einen Kleinkriminellen nach Wittmund zur Polizeiinspektion überstellt hatte, war sie zum Essen nicht gekommen. Sie erreichte die Dienststelle und nahm sich vor, den Rest des Tages dienstfrei zu machen. Während sie ihr Büro ansteuerte, überlegte sie bereits, was sie am Abend kochen könnte. Ihr kam das Angebot des Weinhändlers in den Sinn. Zu einem Chardonnay würde Fisch passen. Seelachs wäre nicht schlecht.

Gerade hatte sie ihre Umhängetasche abgelegt, als das Handy sich meldete. Erstaunt registrierte Kathrin Hansen im Display die Nummer der neuen Notfall Klinik. Hoffentlich nichts Ernstes, dachte sie, und nahm das Gespräch an.

Schlagartig war der Gedanke an ein leckeres Abendessen gestorben. Sie spürte, wie ihr Magen sich verkrampfte und das Herz anfing zu rasen. Aus den Augenwinkeln nahm sie wahr, das Kollegen ins Büro kamen und sich an den Besprechungstisch setzten. Fassungslos hörte sie, was eine gedämpfte Stimme ihr mitteilte.

»Ruhig gestellt?«, sagte sie ungläubig.

»Nein!«

Ihr glitt das Handy aus der Hand. Benommen setzte sie sich und starrte auf die Tischplatte. Beunruhigt bemerkten ihre Kollegen, wie die Schultern ihrer Chefin bebten. Ava Sari, die gute Seele der Dienststelle, ging zu ihr hin und umarmte sie.

»Kathrin, was ist passiert?«

Mit feuchten Augen blickte Kathrin Hansen hoch. »Hindrik.

Er liegt in der Notfall Klinik.«

Im Raum wurde es mucksmäuschenstill. Die

Kollegen blickten auf die Frau, die ihnen allen schon mal in einer beschissenen Lage geholfen hatte, die sich vor sie stellte, auch wenn es mal nicht populär war. Und sie alle mochten Hindrik, ihren Lebensgefährten. Ein ruhiger, ausgeglichener Mann, wenn auch kein Polizist, war er doch einer von ihnen.

Durch Kathrin Hansen ging ein Ruck, sie musste sich zusammenreißen. Fahrig griff sie nach dem Handy, entschuldigte sich bei dem diensthabenden Arzt der Intensivstation für den Aussetzer und informierte ihn, dass sie sofort kommen würde. Sie beendete das Gespräch, wischte sich über das Gesicht und sah ihre Leute an.

»Hindrik ist gegen Mittag in die Klinik eingeliefert worden. Urlauber haben ihn bewusstlos am Strand gefunden. Es bestand der Verdacht auf innere Verletzungen.«

»Kathrin, weiß man schon, was genau passiert ist?«, fragte Maike Jansen gedämpft.

»Nur soviel, dass der Rettungsdienst ihn an den Flinthörndünen aufgenommen hat. Mehr konnte der Arzt mir nicht sagen.«

»Aber«, Maike Jansen blickte auf ihre Uhr. »Wenn Hindrik bereits gegen Mittag in die Notfall Klinik eingeliefert wurde, und jetzt ist es gleich sechzehn Uhr, wieso erfährst du erst jetzt davon?«

Verzweifelt zog Kathrin Hansen die Stirn in Falten.

»Hindrik war joggen. Mit Shorts und T-Shirt bekleidet, hatte er keine Papiere und kein Handy dabei. Von den Rettungsleuten kannte ihn keiner und erst im OP hat ihn die Anästhesistin erkannt. Ihr Sohn arbeitet bei Hindrik im Erholungsheim als Therapeut.«

Ruckartig stand Kathrin Hansen auf.

»Ich muss sofort zu ihm, ich muss sehen, wie es ihm geht.«

Maike Jansen nickte heftig.

»Okay. Olli und ich sehen uns in der Zeit am Strand um. Vielleicht gibt es Hinweise auf die Täter, oder wir finden Leute, die was bemerkt haben.« Maike Jansen blickte zu Friedrichs hin und meinte, sie dürften keine Zeit verlieren.

Mit einem mulmigen Gefühl sah Ava Sari zu Kathrin Hansen hin. Ihre Chefin kam ihr instabil vor, etwas, das sie an ihr nicht kannte.

»Kathrin, ich kann dich zur Klinik begleiten, hier ist sowieso gleich Schluss«, meinte sie besorgt.

»Danke Ava, aber das geht schon. Sobald ich Näheres weiß, schicke ich euch eine App.«

2. KAPITEL

Da Friedrichs auf die Schnelle noch etwas zu erledigen hatte, traf Maike Jansen ihn kurze Zeit später an der Mutter-Kind-Klinik. Im Eiltempo fuhren sie bis zum Strandzugang Flinthörndeich. Mit den Gedanken bei Hindrik, stellten sie die Räder ab und blickten hinunter zum Strand. Irgendwie kam Maike Jansen mit der Vorstellung, das Hindrik dort überfallen sein sollte, nicht klar. Nachdenklich blickte sie zu den Menschen hin, die sich entlang der Wasserlinie tummelten, beobachtete Kinder, die im Sand buddelten, während andere sich kreischend in die heranbrausenden Wellen warfen.

Zweifelnd schüttelte sie den Kopf.

»Olli, ich kann mir einfach nicht vorstellen, das Hindrik dort unten am Strand zusammengeschlagen wurde, in Gegenwart all der Menschen, das wäre doch bemerkt worden.«

Mit zusammengekniffenen Augen betrachtete sie die Dünenlandschaft, ihre Blicke folgten den Einbrüchen, die teilweise weit in die Dünen hinein reichten. Von oben waren Vertiefungen zu sehen und ihr Blick blieb an etwas Rotes in einer dieser

Senkungen hängen.

»Olli, hast du dein Fernglas dabei?«, fragte sie und nahm damit die Stelle näher in Augenschein.

»Ich glaube, ich habe hier was«, meinte sie nach einer Weile. »Könnte ein Stück Stoff, Kunststoff oder Ähnliches sein, auf jeden Fall etwas, das nicht in die Dünen gehört. Wir sehen uns das mal an.«

Während sie den Strandzugang hinunter stapfte, ließ sie die angepeilte Stelle nicht aus den Augen. Nach einigen Minuten erreichten sie einen Düneneinschnitt und Maike Jansen war sich sicher, genau in dieser Falte das rote Etwas gesehen zu haben. Langsam, den Boden stetig im Blick, ging sie in die Dünen hinein und glaubte schon sich geirrt zu haben, als eine langgestreckte Mulde sich vor ihr auftat. Ringsum abgeschirmt durch hohes Dünengras, war es ein geradezu idyllisches Plätzchen. Wenn es da nicht das Verbot gäbe, die Dünen nicht betreten zu dürfen. Beim näheren Herangehen erkannte Maike Jansen ein Stoffende, das im Wind flatterte. Kaum erkennbar, wurde der Rest des Textils von Sand bedeckt. Ein nicht ungewöhnlicher Fund, in den Dünen sammelten sich gerne vom Sturm angewehte Utensilien. Schon wollte Maike Jansen sich die Fundstelle näher ansehen, als Friedrichs sie zurückhielt.

»Warte«, sagte er und betrachtete aufmerksam die sandige, mit Bodenflechten durchzogene Erde. Er bemerkte niedergedrücktes Kriechgewächs und abgeknickte Zweige an einigen Wildrosensträuchern. Eindeutig menschliche Missachtung gegenüber der

238

geschützten Natur.

»Maike, hier müssen vor kurzem Leute gewesen sein«, meinte Friedrichs. »Die Frage ist, was sie hier gemacht haben.«

Jetzt bemerkte auch Maike Jansen, was er meinte und musste an Hindrik denken. An dieser Stelle könnte es passiert sein, schoss es ihr durch den Kopf. Hier könnte man über ihn hergefallen sein, ohne dass es jemand mitbekommen hätte.

»Olli, kannst du dir vorstellen, das Hindrik hier in Schwierigkeiten geraten ist?«

Mit gerunzelter Stirn blickte Friedrichs sie an.

»Was sollte er hier gemacht haben?

Hindrik würde nie so weit in die Dünen hineingehen. Du kennst ihn doch, er hält sich streng an die Vorschriften.«

»Es sei denn, etwas Gravierendes hätte ihn dazu veranlasst«, sinnierte Maike Jansen und ihr Blick blieb an dem roten Stoffende hängen. Sie schüttelte den Sand von dem Gewebe und hielt ein leuchtend rotes Halstuch in der Hand. Zweifellos das Tuch einer Frau. Kritisch betrachtete sie es von allen Seiten und schätzte, dass es relativ neu sein müsste. Kaum getragen, vielleicht gerade mal zu einem Spaziergang am Strand. Jedenfalls sah es nicht danach aus, als wenn es vom Sturm gebeutelt worden wäre. Ehe sie gedanklich tiefer eintauchen konnte hörte sie, wie Friedrichs überrascht »was ist das denn?«, von sich gab. Sie blickte zu ihm hin und sah, wie er mit gespreizten Fingern etwas von der Erde aufhob.

»Was hast du da Spannendes?«, meinte sie, trat

näher an ihn heran und starrte auf die Spritze, in der sich Reste einer glasklaren Flüssigkeit befanden. Auf dem Spritzen Konus steckte eine verbogene Kanüle.

»Verdammt, das sieht danach aus, als ob sich hier Junkies herumgetrieben haben«, knurrte Friedrichs. »Und einige Meter weiter spielen Kinder, das darf doch nicht wahr sein.«

Maike Jansen nahm ein Papiertaschentuch, legte vorsichtig die Spritze hinein und betrachtete sie aufmerksam. Während ihrer Studienzeit hatte sie bei den Johannitern als Pflegehelferin gejobbt und oft genug zugesehen, wie ihre Kollegen den Patienten Spritzen setzten. Das Ding in ihrer Hand war von der gleichen Herstellerfirma und die Kanüle ebenfalls ein medizinisches Markenprodukt. Doch dann war da die Restflüssigkeit in der Spritze.

»Olli, ich weiß nicht«, meinte sie, »kannst du dir vorstellen, dass ein Junkie freiwillig auf den Rest seines Stoffs verzichtet? Stoff, der für ihn der Himmel auf Erden bedeutet und dazu noch richtig Kohle kostet? Ich tue mich da schwer.«

»Stimmt, aber was könnte es sonst für eine Erklärung geben? Vielleicht ein Urlauber mit Diabetes, der sein Insulin brauchte?«

»Nein, eine Insulinspritze sieht anders aus, die ist dünner und länger«, stellte Maike Jansen klar. »Hier hat sich was anderes abgespielt und ich werde das Gefühl nicht los, dass es mit dem Überfall auf Hindrik zu tun hat. Wir müssen dringend mit ihm reden.«

Beklommen zog sie ihr Handy aus der Tasche und

wählte die Nummer von Kathrin Hansen.

Sie fühlte sich elendig, kaputt, konnte alles noch nicht fassen. Nach einer zermürbenden Stunde in der Notfall Klinik war sie wie betäubt nach Hause gefahren. Die Ärzte hatten sie informiert, dass es Hindrik den Umständen entsprechend gut ginge. Diagnose: Zwei angeknackste Rippen, Bruch des rechten Arms, Prellungen im Gesicht. Innere Verletzungen konnten keine festgestellt werden. Wenigstens eine gute Nachricht. Kathrin Hansen stöhnte auf, ging auf die Terrasse und blickte auf das Meer. Ein Anblick, der sie sonst in eine entspannte Stimmung versetzte. Heute konnte sie ihm nichts abgewinnen. Ihre Gefühle waren wie abgestorben. Schließlich gab sie sich einen Ruck. So ging das nicht, sie musste sich zusammenreißen. Hindrik brauchte sie, jetzt musste er sich mal an sie anlehnen können.

Doch da baute sich etwas in ihr auf.

Wut.

Wut auf die Täter, die über ihn hergefallen waren. Und wie Maike Jansen ihr vor wenigen Minuten mitgeteilt hatte, glaubte sie die Stelle des Überfalls gefunden zu haben. Nach ihrer Meinung könnte es dort einen Vorfall gegeben haben, der Hindrik zum Eingreifen veranlasst hatte. In dieser Richtung konnte sich Kathrin Hansen überhaupt nichts vorstellen. Was konnte geschehen sein, wodurch ihr Lebensgefährte in eine gefährliche Situation geraten war. Eine Situation, aus der er nicht mehr herauskam und zusammen geschlagen wurde. Blitzartig wurde ihr bewusst, dass es ihren Lebensgefährten hätte schlimmer treffen können, dass er jetzt schon nicht mehr am Leben sein könnte. Sie merkte, dass dieser Gedanke sie etwas beruhigte und beschloss ausgiebig zu duschen und dann früh ins Bett zu gehen.

3. KAPITEL

Ruhelos schritt Bahira Amana durch das kleine Zimmer. Es musste etwas passiert sein, Ceylin hätte längst zurück sein müssen. Anna, ihre Betreuerin, hatte Ceylin mitgenommen, um sie für den Strand einzukleiden. Badesachen. Dinge, die sie in ihrem bisherigen Leben nicht kennengelernt hatte.

Danach käme sie, Bahira, an die Reihe.

Zuerst war sie enttäuscht gewesen, dass sie nicht mitgehen konnte, verstand dann aber das Argument von Anna, dass sie nicht mit zwei auffallenden Schönheiten durch Langeoog promenieren wollte. Sie müssten sich weiterhin in Zurückhaltung üben. Ihre Zeit, sich unbeschwert in der Öffentlichkeit zeigen zu können, würde noch kommen, so Anna. Dazu gehörte, dass sie die beantragten Aufenthaltspässe in ihren Taschen hatten.

Nein, zum Shoppen eine nach der anderen, hatte Anna bestimmt und Bahira hatte es dann auch verstanden. Sie und Ceylin hatten Vertrauen zu Anna und Lorenz gefasst. Ihre ständigen Begleiter, die sie in dem Auffanglager an der österreichischen Grenze angesprochen und ihnen einen Job angeboten hatten.

Einen Traumjob in einer seriösen Agentur in Deutschland. Seitdem hatten die beiden sich um alles gekümmert.

Anfangs waren Bahira und ihre Freundin extrem misstrauisch gewesen, allzu oft hatten sie gehört, dass die Not der Flüchtlinge ausgenutzt wurde. Erst gab es verlockende Versprechungen und am Ende wurden sie zur Prostitution gezwungen oder landeten auf der Straße im Drogenmilieu.

Ceylin hatte die meiste Angst gehabt.

Ihre ältere Schwester Aga war ein Jahr vorher aus Syrien geflüchtet. Nach monatelanger Flucht hatte sie gemailt, dass sie es über die deutsche Grenze geschafft hätte und alles sei gut. Ceylin sollte sofort nachkommen. Doch dann hatte Ceylin nichts mehr von ihrer Schwester gehört. Alle Nachforschungen liefen ins Leere. Auch ein Grund, warum sie nach Deutschland wollte. Sie musste Aga finden.

Auf der Flucht wurden ihnen dann die Ausweise und Handys gestohlen, für Bahira und Ceylin eine Katastrophe. Sie konnten sich nicht mehr ausweisen, ein nicht absehbares Warten und die Abschiebung standen ihnen bevor. Dass sie aus einem Kriegsland geflüchtet waren, hätte man ihnen glauben können oder auch nicht.

Das Jobangebot war die Chance, in das gelobte Deutschland zu kommen, und das Angebot war überzeugend. Anna und Lorenz hatten klipp und klar erklärt, dass sie für eine Kölner Escort Agentur Mitarbeiterinnen suchten. Ausgesuchte Damen, die bereit waren, reiche Geschäftsleute zu Meetings,

Messen oder gesellschaftlichen Verpflichtungen zu begleiten. Damit sie mit einer jungen Schönheit glänzen konnten, waren diese Leute bereit, horrende Honorare zu zahlen. Für Bahira und Ceylin hieße das pro Tag bis zu eintausend Euro.

Für jeden.

Ohne Sex. Sollten sie mit den Kunden ins Bett steigen, wäre das ihre Sache. Aber auch ihr Risiko. Gäbe es Schwierigkeiten, flögen sie aus der Agency raus. Auf ihre Frage, wieso Anna und ihr Kollege ausgerechnet in dem Auffanglager nach Mitarbeiterinnen suchten, hatten diese erklärt, es ginge um Sprache, Bildung und Aussehen. Gerade die sagenhaft Reichen aus Arabien und den Anrainerstaaten legten Wert auf Frauen aus ihrer Welt. Frauen, die ihre Sprache und Sitten beherrschten und dazu außergewöhnlich gut aussahen.

Für Bahira und Ceylin klang das plausibel und zu verlockend, um nein sagen zu können. Bahira war in ihrer Heimatstadt Hama Fremdenführerin gewesen, hatte Erfahrung mit Europäern gesammelt und zu Anna und Lorenz schließlich Vertrauen gefasst.

Es war dann auch alles glatt gelaufen.

Mit den Deutschen waren sie in einer schicken Limousine bis in den Norden ans Meer gefahren und dann auf dieser Insel gelandet. Immer hatte eine gute Stimmung zwischen ihnen geherrscht, ohne Anzeichen, dass etwas nicht stimmte. Auf der Insel bezogen sie ein am Rande des Ortes gelegenes altes Kapitänshaus, das als Schulungs-Center diente, so hatte Anna ihnen erklärt. Hier wurden sie auf alles vorbereitet, was sie für ihre zukünftigen Verpflichtungen als Begleiterinnen anspruchsvoller Kunden wissen mussten. Wie sie sich zu verhalten hatten, Umgang mit der Gesellschaft, Auftreten in der Öffentlichkeit, Pflege ihres schönen und eleganten Aussehens bis hin zu Tipps, wie sie sich die Herren vom Leibe halten konnten, ohne sie zu vergraulen. Nach der Schulung würden sie in Köln, in der Messestadt, gemeinsam ein Appartement beziehen. Bedingung: Herrenbesuche, auch private, waren dort strikt verboten. Ihnen kam das vor wie in einem Märchen, sie waren mit allem einverstanden.

Doch nun kam Ceylin nicht zurück.

Besorgt blickte Bahira zwischen den Scheibengardinen nach draußen. Die Sonne näherte sich dem Horizont und sie sah im Ort vereinzelt Lichter angehen. Um sie herum war alles totenstill. Gerade wollte sie sich aufs Bett legen, als sie hörte, dass die Eingangstür aufgeschlossen wurde. Erleichtert atmete sie auf, verließ das Zimmer und ging die Treppe hinunter in die Diele. Als sie verinnerlichte, das Anna sie kreidebleich anblickte, Lorenz mit gesenktem Kopf den Boden anstarrte, wurde ihr mit Entsetzen klar, das Ceylin nicht zurückgekommen war.

Anna Wiesental bemerkte die Panik in den Augen von Bahira und packte sie sanft am Arm.

»Wir müssen reden«, sagte sie und dirigierte Bahira zu einer kleinen Sitzecke. Fieberhaft überlegte sie, wie sie das Fehlen von Ceylin erklären sollte. Sie war verantwortlich für Ceylin, sie hätte nicht von ihrer Seite weichen dürfen.

Durchdringend sah Bahira ihre Betreuerin an.

»Wo ist Ceylin?«

»Wir wissen es nicht.

Ceylin ist nicht zurückgekommen.«

Bahira sprang auf, fasste Anna Wiesental an den Schultern und schüttelte sie heftig.

»Was redest du da, nicht zurückgekommen, Ceylin käme immer zurück, sie würde nie alleine weggehen.«

Behutsam nahm Anna Wiesental die Hände von ihren Schultern und drückte die junge Frau in das Leder der Couch.

»Und doch ist es so.

Nachdem wir für Ceylin die Strandsachen gekauft hatten, wollte sie diese unbedingt anprobieren.

Am Strand.

Alleine.

Sie wollte testen, ob der Bikini nicht zu viel von ihr preisgeben würde. Ich habe ihr gesagt, dass das keine gute Idee sei. Besser wäre es, sie würde warten, bis auch du deine Sachen hättest und ihr dann gemeinsam euer Stranddebüt geben könntet. Doch sie wollte nichts davon wissen. Sie müsste erst damit klarkommen, sich halbnackt in der Öffentlichkeit zu zeigen, meinte sie. Und das könnte sie nur, wenn sie alleine wäre. Schließlich haben wir uns darauf geeinigt, dass sie sich am Strand in der Nähe der Mutter-Kind-Klinik eine ruhige Ecke suchen sollte. Dort würde sie kaum auffallen. Lorenz und ich wollten in der Zeit ein paar Kleinigkeiten einkaufen und sie dann am Strand wieder abholen.«

Verzweifelt sah Anna Wiesental der Schönheit ihr gegenüber in die Augen.

»Als wir zurückkamen, war Ceylin nicht da. Ich war wütend, weil ich sie gebeten hatte, unbedingt auf uns zu warten. Nun, wir dachten, dass sie zum Schulungs-Center zurückgelaufen ist und haben Mia unsere Köchin angerufen. Sie hätte Ceylin ins Haus lassen müssen.

War aber nicht so.

Lorenz und ich bekamen Panik. Kilometerweit haben wir nach beiden Richtungen den Strand nach Ceylin abgesucht, doch keine Spur.«

»Das glaube ich nicht.«

Bahira sprang auf.

»Nie wäre Ceylin, ohne mir etwas zu sagen, weggegangen. Und wo sollte sie hier auf der Insel auch hin? Wir müssen sofort die Polizei verständigen.«

»Nein!«

Energisch stellte sich Anna Wiesental vor Bahira.

»Ihr habt noch keine Aufenthaltspässe, für die Polizei seid ihr Illegale, du würdest in irgendein Lager abgeschoben.

Willst du das?«

In Bahira arbeitete es, ihre Vergangenheit schlich sich in ihre Gedanken, sie hatte geglaubt, sie hätte es geschafft. Furcht überfiel sie. Schließlich schüttelte sie den Kopf.

»Natürlich will ich nicht abgeschoben werden, aber was können wir tun?«

»Wir können nur abwarten. Ich rufe meine Chefin an, sie wird uns sagen, was wir machen sollen.«

Schwer atmete Anna Wiesental durch.

»Hoffentlich schmeißt sie mich nicht raus. Ich hätte Ceylin nicht erlauben dürfen, alleine an den Strand zu gehen.«

»Wenn sie dich rausschmeißt, gehe ich mit dir«, murmelte Bahira und ging wie in Trance zu ihrem Zimmer.

EDUARD BLUM

2. Neuauflage
Mai 2020

Masken
Tanz

BLUM KRIMI

1. KAPITEL

Während seine Hände rastlos mit den Holzfiguren spielten, hörte er angespannt zu, was an den Nebentischen erzählt wurde. Mit den Fingerspitzen fuhr er über die grob geschnitzten Formen und die Wirtin, die ihm den Wein brachte, blickte entsetzt auf zwei menschliche Körper. Hastig bekreuzigte sie sich, kehrte verwirrt zum Spültrog zurück und putzte mit roten Flecken im Gesicht Unheil ahnend die Krüge. Fagoth Taklohs Augen glühten hinter der Maske. Seine Sinne schmerzten, so intensiv spürte er ihre Nähe. Heute würde sie kommen, das Blut sagte es ihm. Er presste mit den Händen so intensiv die hölzerne, weibliche Figur, als ob er sie zum Leben zwingen könnte. Dabei entging seiner Aufmerksamkeit keines der lautstark geführten Gespräche. Immer wieder wurde der Mut des jungen Herzogs gelobt, der mit der Herrschaft des Papstes im Land Schluss gemacht und die von Rom eingesetzten Bischöfe zum Teufel gejagt hatte. Es hieß, Roger von Rochefort würde selbst gegen Rom ziehen, wenn der Papst sich ihm entgegenstellen sollte. Nach einer Weile warf Fagoth Takloh enttäuscht über das unnütze Warten missmutig eine Münze auf den Tisch und wollte sich gerade erheben, als die Schanktür aufgestoßen wurde und drei Fremde den Wirtsraum betraten.

Ein gedrungener, mit einem gebogenen Kurzschwert bewaffneter Mann warf prüfend seine Blicke durch den Raum. Seinem Auftreten nach war er wohlhabend und es gewohnt, dass seinen Wünschen entsprochen wurde. Seine beiden Dienstknechte traten zur Seite und nahmen die letzte eintretende Person schützend in ihre Mitte.

Fagoth Takloh stieß einen Seufzer aus, gebannt blickte er auf die verhüllte Gestalt. Er hatte es gewusst, sie war gekommen, wie die Sterne es vorher gesagt hatten. Durch die schweren Umhänge konnte er die Körperformen nur erahnen, doch als sie die Kapuze zurückschlug, nahm er jedes ihrer Merkmale gierig in sich auf. Ihr Gesicht mit den großen, weit auseinanderstehenden Augen, der ausdrucksstarken Nase und der breite sinnliche Mund, spiegelte verführerisch die Frau in ihr wider. Er stöhnte auf, bald würden seine Träume Wirklichkeit werden.

Seine Finger glitten wieder über die weibliche Holzfigur, während der Schweiß ihm ätzend in den Augen brannte. Er verfluchte den Zwang der Maske und sah gebannt zu der Gesellschaft hin.

Aufgebracht sah Ripold Debieux den Wirt an.

»Es kann doch nicht sein, dass in der ganzen Stadt keine Unterkunft zu finden ist. Ich zahle, was ihr verlangt.«

Er griff in seine Ledertasche und holte eine glänzende Münze heraus.

»Hier, die gehört euch, wenn ihr uns einen warmen Raum zur Verfügung stellt.«

Jacob Pironé schüttelte den Kopf.

»Es ist unmöglich, die Gäste des Herzogs haben alle Quartiere belegt.« Bedauernd zog er die Schulter hoch, wobei sein Blick auf den Mann mit der Maske fiel. »Das heißt, es gibt vielleicht doch noch eine Möglichkeit.« Gierig blickte er auf die Münze und zeigte auf den Fremden. »Dieser Mann dort hat bei mir zwei Räume gemietet, fragt ihn, ob er euch einen überlässt.«

Ripold Debieux blickte auf den mit einem schwarzen Umhang verhüllten Fremden und musterte mit gemischten Gefühlen die Maske, die sein Gesicht verdeckte.

»Kennt ihr ihn? Er sieht schon etwas recht seltsam aus.«

»Nein, er ist gestern angekommen, hat für die Räume im Voraus bezahlt und vermeidet jeden Kontakt. Und es zieht einen ja auch nicht gerade zu ihm hin.«

»Nun gut.« Ripold Debieux holte eine kleinere Münze aus der Tasche und gab sie dem Wirt. Dann wandte er sich an seine Tochter und richtete ihre Aufmerksamkeit auf den Fremden. »Cathérine, wenn wir nicht auf der Straße schlafen wollen, müssen wir diesen Mann fragen, ob er uns einen Raum überlässt.«

Obwohl sie seine Augen durch die Schlitze der Maske nicht erkennen konnte, spürte Cathérine, wie der Fremde sie anstarrte. Etwas Unheilvolles ging von ihm aus. Plötzlich fühlte sie sich nicht mehr wohl in dem Gasthof. Im Hinblick auf ihre Lage stimmte sie aber schließlich zu.

»Du hast recht, bevor wir in einer stinkenden Gasse übernachten müssen, solltest du ihn fragen.«

Mittlerweile hatte die Wirtin ihnen zum Aufwärmen heißen, stark gewürzten Wein angeboten und Cathérine spürte bereits, wie er ihr zu Kopf stieg. Vor Müdigkeit konnte sie sich kaum noch auf den Beinen halten und atmete erleichtert auf, als sie sah wie ihr Vater sich von dem Fremden abwandte und ihr mit zufriedener Miene zunickte.

»Auch wenn der Fremde einen seltsamen Eindruck macht, ist er doch ein höflicher, gebildeter Mensch«, erklärte Ripold Debieux. »Ohne zu zögern hat er uns den größeren seiner beiden Räume zur Verfügung gestellt.«

Trotzdem beschlich Cathérine ein bedrückendes Gefühl, schrieb das aber letztlich ihrer Müdigkeit und dem Wein zu. Sie hatte nur noch den Wunsch, warm und trocken schlafen zu können. Schnell folgte sie ihrem Vater und den Dienstknechten nach draußen, um die wertvollsten Sachen vom Wagen zu holen.

2. KAPITEL

Ungläubig starrte Martin auf das alte Dokument.

»Ketzerei, das ist gottlose Ketzerei«, murmelte er aufgewühlt und las nochmals die letzten Zeilen. Dem Bibliothekar schien nicht bewusst zu sein, was für ein brisantes Schriftstück er ihm zum Übersetzen gegeben hatte. Sein Blick blieb an dem Abschnitt hängen, in dem die Byzantiner die Römer anklagten, dass sie aus ihren Reihen einflussreiche Adelige durch Intrige und Mord zum Papst erhoben hatten.

Martin stieß so laut die Luft aus, dass der Pfeifton die Stille des Skriptorium entweihte. Wenn das stimmte, war die Heiligkeit des Papstes nur verlogener Schein, fuhr es ihm durch den Kopf. Verwirrt und neugierig zugleich, konnte er es kaum erwarten, was die nächsten Zeilen für Ungeheuerlichkeiten preisgeben würden. Hastig tauchte er die Schreibfeder in das Tintenfass, als das helle Läuten der Klosterglocke ihn zur Andacht rief. Schon wieder Komplet, stöhnte er in sich hinein, das passte ihm jetzt gar nicht. Wenigstens noch eine Zeile wollte er übersetzen, als er erschrocken zusammen zuckte. Erstaunt blickte er den Mönch an, der geräuschlos ins

Skriptorium gekommen war und seine Hand mit der Schreibfeder niederdrückte.

»Martin«, sagte Bruder Clausus leise, »du wirst deine Arbeit für eine Weile unterbrechen müssen.«

Nichts Gutes ahnend blickte Martin in das runde, rötliche Gesicht des alten Klosterbruders. Ausgerechnet jetzt, wo er Dinge zu lesen bekam, die er vielleicht niemals mehr erfahren würde, sollte er die Arbeit abbrechen.

»Morgen früh wirst du dich auf den Weg nach Clervaux machen und dich dort in der Kanzlei des Herzogs melden«, erklärte der Mönch.

Ungläubig starrte Martin ihn an, er konnte nicht glauben, was Clausus da von sich gab.

Die rundliche Gestalt in der grob gewebten Kutte blickte ihn aufmunternd an.

»Herzog von Rochefort hat nach dem Tod seines königlichen Onkels eine Menge neuer Verordnungen erlassen, die sofort geschrieben werden müssen. Dazu braucht seine Kanzlei zusätzliche Schreiber aus den Klöstern. Auch uns hat man aufgefordert zu helfen, und da Cacharius krank ist, musst du die Aufgabe übernehmen.« Sorgenvoll stieß Clausus einen Seufzer aus. »Ich hoffe, du bist dir darüber bewusst, welche Verantwortung du trägst. Wenn der Herzog mit deiner Arbeit nicht zufrieden ist, wird unser Kloster es zu spüren bekommen und das würde dem Abt gar nicht gefallen.«

Martin konnte es immer noch nicht glauben. Zum ersten Mal in seinem Leben durfte er das Kloster verlassen und die Welt außerhalb der Mauern kennen lernen. Einmal andere Gesichter sehen, als immer nur die faltigen, ernsten Mienen in den grauen Kutten. Als ob der alte Mönch seine Gedanken erraten hätte, hob er den Zeigefinger und sah ihn mahnend an.

»Aber denke daran, dich von allen Versuchungen fernzuhalten, auch draußen musst du in Demut leben. Bis zur Stadt wird dich Bruder Franziskus begleiten, er hat auf dem Markt einiges einzuhandeln.«

Ohne weitere Erklärungen wälzte Clausus seinen mächtigen Körper träge durch den Raum und löschte mit Seufzen und Stöhnen die Kienspäne in den Wandhalter.

In Martins Kopf überschlugen sich die Gedanken. Erst die ungeheuren Anschuldigungen aus Byzanz gegen Rom, und nun die seit Langem erträumte Möglichkeit, einmal das Kloster verlassen zu können. Er spürte, wie Tränen der Freude über sein Gesicht liefen. Schnell wischte er sie weg, reinigte sorgfältig die Schreibfeder, verschloss das Tintenfass und rollte knitterfrei das alte Pergament ein. Entschlossen schob er dann alle Gedanken an den brisanten Inhalt beiseite. Auffordernd drängte sich wieder das Läuten der Klosterglocke in sein Bewusstsein und den Kopf voller Gedanken lief er zur Kapelle.

Noch vor der Morgendämmerung spannten sie den Maulesel vor den Holzkarren und brachen auf. Nach einer unruhigen Nacht schritt Martin aufgewühlt neben Franziskus her, er konnte es kaum erwarten, das Leben außerhalb der Abtei kennenzulernen. Außer zu den Klosterbrüdern fehlte ihm jegliche

Beziehung zu anderen Menschen. Eine Familie konnte er sich nur schwer vorstellen und bei dem Gedanken an eine Frau überfiel ihn geradezu Panik.

Nach einer Weile erreichten sie den breit ausgefahrenen Handelsweg und sie kamen ohne Störungen schnell voran. Gegen Mittag überholte sie eine Gruppe grölender Reiter, die sie ein faules Kuttenpack nannten. Franziskus beeindruckte das wenig, aus Erfahrung wusste er, dass sich so manch gottloses Gesindel in der Gegend herumtrieb.

Es war schon spät am Nachmittag als Martin bemerkte, dass der alte Mönch sorgenvoll die schwarzen tief hängenden Wolken betrachtete. Franziskus hatte sich vorgenommen, noch in der Nacht die Stadtmauer von Clervaux zu erreichen. Früh morgens, wenn die Tore geöffnet wurden, wollte er als erster auf dem Markt sein, um die besten Tuchwaren ergattern zu können.

Das Wetter prophezeite etwas anderes. Schon Minuten später goss es wie aus Kübeln geschüttet. Schlagartig wurde es kälter und schon bald froren sie in ihren klatschnassen, tief herabhängenden Kutten.

»Wenn wir uns nicht die Lungenpest holen wollen, müssen wir sehen, dass wir eine Unterkunft finden«, brüllte Franziskus gegen den peitschenden Regen an.

Zum Glück erreichten sie kurz darauf eine große heruntergekommene Holzhütte. Eiligst lösten sie das Maultier vom Wagen, rieben es mit Stroh aus dem Sack trocken, und banden es unter dem durchlöcherten Vordach fest. Damit sie bei dem prasselnden Regen in der Hütte gehört wurden, hämmerte Martin kräftig gegen das Tor. Trotzdem verging eine Ewigkeit, bis ein mürrisches Gesicht öffnete. Der Wirt musterte sie von oben bis unten, wobei seine Miene noch verdrießlicher wurde. Von ihrem Besuch schien er nicht allzu begeistert zu sein.

»Wenn es dann sein muss«, meinte er schließlich, »könnt ihr eure Sachen trocknen. Es gibt aber nichts zu essen und«, er grinste verschlagen, »ich habe schon eine Gesellschaft, ich hoffe, ihr kommt miteinander aus.«

Franziskus rang sich zu einer freundlichen Erwiderung durch und zwängte sich an ihm vorbei in die Hütte. Demütig den Kopf gesenkt, folgte Martin wortlos.

»Oh Gott, verzeih mir, ich glaube, wir sind in die falsche Hütte eingekehrt«, hörte er dann Franziskus mit belegter Stimme rufen. »Das hier ist eine sittenlose Gesellschaft.«

Jetzt sah auch Martin, was der Mönch meinte. Um das Feuer saßen Männer und Frauen, die ihre Kittel und Umhänge zum Trocknen über eine gespannte Leine gehängt hatten. Er starrte auf das Geschehen, während Franziskus sich bereits nach einer anderen Lagermöglichkeit umsah. Doch es gab nur den einen Raum, in dem es stark nach Schweiß und sauren Essensresten stank.

»He, ihr zwei Mönchlein, kommt her und wärmt euch mal richtig bei uns auf«, rief eine schon ältere Frau ihnen zu. Dabei machte sie solch einladende Bewegungen, dass Martin ihre langen Brüste wie die Klöppel der Klosterglocken pendeln sah. Hastig drängte Franziskus ihn in die hinterste Ecke des Raumes.

»Uns bleibt nichts anderes übrig, als hier zu bleiben, bis die Kutten trocken sind«, meinte er aufgebracht. »Aber ich versuche zwei Decken zu bekommen.« Tatsächlich kam er kurze Zeit später mit zwei dreckigen, verfilzten, aber immerhin trockenen Decken zurück. Erleichtert zogen sie ihre nassen Kutten aus und legten sich die Decken um. Es dauerte dann noch eine Weile, bis es am Feuer ruhig wurde und sie todmüde einschliefen.

Schon in aller Herrgottsfrühe nahmen sie die noch feuchten Kutten von der Leine, zogen sie an und verließen die sündige, aber doch immerhin wärmende Hütte.

»Unserem Herrn sei gedankt, dass wir die Stätte der Sittenlosigkeit heil überstanden haben«, betete Franziskus dann auch gleich mehrmals hintereinander. Martin nickte zustimmend, wobei er an die mahnenden Worte von Bruder Clausus denken musste. Er ahnte, dass es nicht leicht sein würde, den weltlichen Versuchungen zu widerstehen.

Ein Geräusch musste sie aus dem Schlaf gerissen haben. Cathérine schreckte hoch und blickte sich um. Ihr Vater schlief fest im hinteren Bereich des Raumes und ansonsten konnte sie nichts Außergewöhnliches feststellen. Um ihre Gedanken zu ordnen, blickte sie in die Flammen des Feuers, das erst wenig herunter gebrannt war. Lange konnte sie also noch nicht geschlafen haben. Sie dachte an den merkwürdigen

Fremden, der zwei Räume weiter seine Kammer hatte, als das schrille Auflachen einer Frau sie aus ihren Gedanken riss. Neugierig geworden, schlug sie die Felldecke zurück, stand leise auf und ging zur Kammertür. Behutsam, um kein Geräusch zu machen, öffnete sie die Tür und blickte in den dunklen Flur. Deutlich hörte sie im Raum des Fremden Stimmen und bemerkte einen fremdartigen Geruch, der sich schwer auf ihre Sinne legte. Blitzartig ging ihr durch den Kopf, dass ihr Vater einmal berichtet hatte, Medici im Orient könnten Duftstoffe herstellen, die stimulierend das Verhalten der Menschen beeinflussen würden. Dieser Geruch hier musste so etwas sein. Hastig schloss sie die Tür und ging zu ihrem Lager, über diese Dinge wollte sie sich keine Gedanken machen. Müde kroch sie in die Höhle der wärmenden Felle und schlief nach kurzer Zeit ein.

Sie wusste nicht, ob sie geträumt hatte, oder ob sie durch etwas geweckt worden war. Verwirrt setzte sie sich auf und horchte in die Dunkelheit hinein. Aus dem Raum des Fremden hörte sie die Schreie einer Frau, die nach einer Weile in ein schwaches Wimmern übergingen. Danach herrschte eine unheimliche Stille.

Cathérine zitterte am ganzen Körper. Sie überlegte, ob sie ihren Vater wecken sollte. Schließlich verwarf sie den Gedanken. Dass der Fremde mit einer Frau zusammen war und was sie trieben, ging sie nichts an. Sie kroch tiefer unter die schützenden Felle, zog sie sich über den Kopf und wollte nichts mehr hören und sehen.

Schon recht früh am anderen Tag nahm sie den Kübel für die nächtliche Notdurft und ging mit ihren Gedanken bei den Geschehnissen der Nacht in den Innenhof. Beim Entleeren des Kübels bemerkte sie in der Ecke, wo der Wirt das benutzte Stroh aus den Gästekammern hinwarf, ein zerrissenes gelbes Leinen. Ein Tuch, wie es die Huren der Stadt tragen mussten. Sofort fiel ihr das helle Blut auf, das sich auf dem Stoff abzeichnete. Sie war sich sicher, dass dieses Tuch der Frau gehörte, die sie nachts hatte schreien hören.

Nun wollte sie doch mit ihrem Vater reden und ihn drängen, eine andere Unterkunft zu suchen. Auf keinen Fall würde sie noch eine Nacht mit dem Fremden unter einem Dach verbringen.

Konzentriert in die Arbeit versunken, wurde Martin durch plötzlichen Lärm gestört. Verärgert klappte er den Windschutz vor der Maueröffnung hoch und blickte auf das Spektakel, das sich auf dem Marktplatz abspielte. Verwundert betrachtete er die vielen Leute, die sich um den Richtplatz drängten, um dem grausamen Schauspiel so nah wie möglich zu sein. Schreiende, bunt gekleidete Gaukler mischten sich unter das Volk, schwenkten auf langen Stecken aufgespießte, mit Schweineblut beschmierte hölzerne Hände und Köpfe und peitschten die Stimmung immer noch weiter an. Entsetzt sah Martin eine abgeschlagene Hand in einer Pfütze Blut liegen und wie Büttel den Gerichteten auf den Schandwagen warfen. Zwei Knechte zerrten währenddessen schon den nächsten sich wild sträubenden Verurteilten zum Richtplatz.

Das grausame Schauspiel wollte Martin sich nicht länger ansehen und widmete sich wieder seiner Arbeit. Schnell schrieb er den Brief zu Ende, drückte das herzogliche Petschaft in das Wachs und wartete geduldig, bis das Siegel hart wurde. Er blickte nochmals nach draußen und sah, wie eine Frau sich an den Schandwagen klammerte. Sie musste noch jung sein, langes schwarzes Haar fiel ihr weit über die Schulter, ihre magere Figur in dem sackförmigen Kittel machte einen armseligen Eindruck. Selbst aus der Entfernung konnte er erkennen, dass sie außergewöhnlich hübsch war. Sicherlich war der Gerichtete ihr Mann oder ein Verwandter, überlegte Martin mitfühlend. Wie das Schicksal dieser Frau aussehen würde, mochte er sich lieber nicht vorstellen.

Unwillkürlich wurde ihm bewusst, dass heute sein letzter Tag in der Kanzlei war. Der Herzog hatte den ausgeliehenen Schreibern ankündigen lassen, dass er sie ab dem kommenden Tag nicht mehr benötige. Martin seufzte verzweifelt, für ihn hieß das wieder zurück in die verschlossene Welt der Abtei. Dabei war ihm in den letzten Tagen immer klarer geworden, dass er nicht mehr im Kloster leben wollte. Obwohl er in der Kanzlei zurückgezogen leben musste, hatte er doch das Geschehen um sich herum mitbekommen. Die freien Menschen, ihre Lebensweise und die Unterhaltung mit ihnen, zogen ihn magisch an. Nur allzu gerne würde er in ihrer

Gesellschaft bleiben und ein normales Leben führen. Betrübt schüttelte er den Kopf, es war zwecklos, daran zu denken. Er war Novize, würde bald das Gelübde ablegen und danach würde ihn das Kloster nicht mehr hergeben.

Glücklicherweise wurde er in seiner gedrückten Stimmung von einem Schreiber aus der Kanzlei unterbrochen.

»Martin, ihr solltet Schluss machen, wir müssen zum Fest.« Der dürre, ausgemergelte Carloni rieb sich erwartungsvoll die knochigen Hände. »Es gibt jede Menge zu essen und zu trinken, der Herzog lässt sich nicht lumpen. Und viele Gäste sind gekommen, es wird interessant sein, die zu beobachten.«

»Ach ja.«

Martin wurde bewusst, dass auch er eingeladen war. »Wenn ihr einen Moment wartet, können wir zusammen gehen«, sagte er. Sorgfältig säuberte er die angespitzten Schreibfedern, verschloss das Tintenfass und legte das Petschaft samt Siegelwachs in das Fach des Schreibpultes. Wehmütig blickte er sich nochmals in die ihm so lieb gewonnene kleine Welt der Schreibkanzlei um und verließ dann niedergeschlagen mit Carloni das Gebäude.

Küchenmeister Jean Lusigne scheuchte seine Köche und Mägde wie eine Hühnerschar durch die Burgküche und Wirtschaftsräume. Schweißtriefend erteilte er immer wieder neue Anordnungen, wobei er im ständigen Wechsel lobte und fluchte.

»Stephan, wenn du noch einmal vergisst, das Spanferkel bei jeder Umdrehung mit Öl zu begießen, wirst du nur noch Kohl putzen. Maximilian, nimm deine Hände von Sybilles Hintern und walke stattdessen den Brotteig. Clementine, die Gänsefüllung ist dir heute besonders gut gelungen, nur nicht ganz so fest pressen.«

Jean Lusigne spürte, dass ihn sein flämisches Blut nicht zur Ruhe kommen ließ. Obwohl er für die Anfertigung der riesigen Mengen an gebratenem Fleisch, Gekochtes und Geschmortes, von den umliegenden Höfen Köche und Mägde als Aushilfen bekommen hatte, lebte er in der ständigen Angst, nicht zeitig fertig zu werden. Erst vor drei Tagen hatte ihn der Truchsess von dem Fest informiert. Dabei hätte er mit etwas mehr Zeit seine Kochkünste wieder einmal zeigen können. Träumerisch sah er die feinen Vögelchen vor Augen, die der unheimlich wirkende Fremde in einem Käfig mitführte. Gebratene Täubchen kunstvoll garniert als Vorspeise, das wäre es gewesen. Doch der Mann mit der Maske machte ihm Angst und er vermied es, in seine Nähe zu kommen. Die Leute munkelten, er wäre ein Magier aus Italien und könnte Katzen in Tauben verwandeln. Schaudernd dachte Jean Lusigne an die Augen des Mannes, die er für einen kurzen Moment durch die Schlitze der Maske gesehen hatte. Es war, als wenn er in flüssiges Feuer geblickt hätte. Kopfschüttelnd brach er die düsteren Gedanken ab und befahl einem Knecht weitere Fässer Wein aus den Erdhöhlen zu holen. Danach beaufsichtigte er kritisch das richtige

Stapeln der Fässer, prüfte, ob ausreichend gespülte Weinbecher bereitstanden und sank erschöpft auf den Küchenschemel.

In glänzender Laune empfing Herzog Rochefort seine Gäste im Rittersaal der gewaltigen Burganlage. Auf seine Einladung hin hatte sich eine große, bunt gemischte Gesellschaft versammelt. Edel gekleidete städtische Ministerialen, wild aussehende Kuriere, mit Kurzschwerter bewaffnete Ritter und einige freizügig gekleidete Frauen suchten seine Aufmerksamkeit zu gewinnen. Rochefort ging durch die Reihen der Tische, sprach jeden an und lobte die geleisteten Dienste seiner Vertrauten, die seit dem Tode seines Onkels etliche Beratungen mit ihm geführt hatten. Besonders lobte er die Arbeit der bescheidenen, unauffälligen Schreiber aus den umliegenden Klöstern, die Tag und Nacht die Dokumente geschrieben und vervielfältigt hatten.

Je später der Abend, umso ausgelassener wurde die Stimmung im Saal. Immer wieder brachten Dienstleute neue Krüge mit Wein und laufend wurden Speisen nachgelegt. Martin kam aus dem Staunen nicht mehr heraus und langte an seinem letzten Tag in Freiheit ordentlich zu. Berauscht und gelöst von seinen Problemen, hörte er dabei sehnsüchtig die Verse der Minnesänger, die über Liebe und Leid, edles Rittertum und über die Lieblichkeit der Frauen geistreich und oft auch anzüglich berichteten.

Es war schon spät, als der Herzog sich an Martin

wandte und ihn aufforderte, ihm zu folgen. Rochefort ging zu einem abseits gelegenen Fenstererker, wo sie ungestört reden konnten.

Abschätzend sah er Martin an.

»Ich habe mich über euch informieren lassen«, kam er ohne Umschweife zur Sache. »In den vergangenen Tagen habt ihr für mich viele Briefe geschrieben. Vertrauliche Dokumente. Ist euch bewusst, dass ihr darüber zu schweigen habt?«

Zustimmend nickte Martin und fragte sich, was der Herzog wohl von ihm wollte.

»Gut. Mein Kanzler hat mir berichtet«, fuhr Rochefort fort, »dass ihr schneller und gewissenhafter die Dokumente anfertigt, als die anderen Schreiber. Und dass ihr euch korrekt und zuvorkommend verhalten habt.« Rochefort blickte in die klaren Augen des Novizen. »Einen Mann wie euch brauche ich an meiner Seite. Am Hofe und während meiner Reisen müssen Briefe und Übersetzungen geschrieben werden. Traut ihr euch zu, eine solche Aufgabe zu übernehmen?«

Rochefort machte eine Pause, um seine Worte wirken zu lassen. Belustigt beobachtete er das Aufleuchten im Gesicht des Novizen und studierte darin die feinen Linien, die offenen Gesichtszüge. Innerlich stimmte er dem zu, was der Abt ihm über die Herkunft des Novizen berichtet hatte.

Stumm nickte Martin, völlig verwirrt war er nicht in der Lage, ein Wort herauszubringen.

»Gut, dann werde ich dem Abt mitteilen, dass er euch aus dem Klosterdienst zu entlassen hat. Ich kenne ihn gut, er wird Verständnis für mein Anliegen haben. Und ihr meldet euch gleich in der Früh bei meinem Kanzler und«, mitleidig sah Rochefort auf Martins abgeschabte Kutte, »ihr bekommt andere Kleidung und als mein Sekretär habt ihr besondere Vorrechte. Aber alles das wird euch Graf Forcheau erklären.« Ohne eine Erwiderung abzuwarten, drehte er sich um, ließ den völlig verwirrten Martin stehen und widmete sich weiterhin gute Laune versprühend, seinen Gästen zu.

Martin wollte nach draußen an die Luft, um einen klaren Kopf zu bekommen. Ihm war schwindelig und das nicht nur vom Wein. Dass er der Sekretär des Herzogs werden sollte, war so unglaublich, das musste er erst einmal verkraften.

»He, Martin, wartet, ich gehe mit euch«, hörte er jemand sagen. Er drehte sich um und sah Gernod, ein Vertrauter des Herzogs. Freundschaftlich legte der Ritter einen Arm um seine Schulter und meinte, dass er sich auch etwas bewegen müsste und sie könnten doch zusammen gehen.

Trotz der späten Stunde herrschte auf dem großen Platz zwischen dem lang gestreckten Hauptgebäude und der hoch emporragenden Burgkapelle noch reges Leben. An vielen kleinen Feuerstellen standen Gruppen von Leuten zusammen, brühten sich wärmende Getränke und unterhielten sich lautstark.

Ankommende Händler luden unter lautem Zurufen ihre Pferde ab und trugen die Gepäckstücke in eines der kleinen Lagerhäuser. Überlagert wurde das nächtliche Treiben von dem Rauch der Feuer, gemischt mit den Ausdünstungen der vielen Menschen. Schmale Bäche mit Urin, Kot und schlammigem Regenwasser spülten die Straße immer wieder auf. Vorsichtig umgingen sie die größeren Pfützen und gelangten auf die andere Seite des Platzes. Gernod machte Martin auf zwei Frauen aufmerksam, die ihre Männer fest am Gürtel gepackt hielten und den Außenbezirk ansteuerten.

»Seht die Frauen mit den gelben Tüchern, die wären jetzt auch schon was für uns«, meinte er vergnügt. Verständnislos sah Martin ihn an und Gernod fiel die noch erkennbare Tonsur bei ihm auf.

»Ach, stimmt. Frauen gibt es ja keine im Kloster«, meinte er grinsend, »doch bald werdet ihr welche kennenlernen. Wenn ich das nächste Mal in ein ordentliches Badehaus gehe, nehme ich euch mit.«

Da er sich nichts Genaues darunter vorstellen konnte, schwieg Martin lieber. Er bemerkte, dass ihm die Nachtluft guttat und sein Kopf klarer wurde.

»Ich glaube, ich bin noch etwas daneben«, sagte er, »der Wein und das viele Essen bin ich nicht gewohnt.« Sie gingen noch eine Weile, bis Gernod meinte, sie müssten zum Fest zurückgehen. Man könnte sie vermissen und das würde einen schlechten Eindruck machen. Auf dem Rückweg kamen sie an den Wirtschaftsräumen, dem Reich des Küchenmeisters vorbei. Die Luft, dick geschwängert mit dem Geruch aus der Garküche, führte sie dann doch noch zu Jean Lusigne. Erfreut über die nächtliche Abwechslung ließ er sie nicht eher gehen, bis sie seinen krossen Schweineschinken mit frisch gebrautem Bier probiert hatten. Dabei stand sein Mund nicht still und immer wieder erzählte er neue lustige Geschichten aus seiner Heimat. Martin hörte fasziniert zu und fühlte sich so wohl wie noch nie in seinem Leben.

Eduard Blum
ist in Köln geboren
und lebt heute in Wiehl,
im Oberbergischen.
Als unabhängiger Autor
veröffentlicht er seine
Romane im Selbstverlag.

Titel:
Bergisch Kunst, *Bergisch Beute*,
Bergisch Sünde, *Maskentanz*,
Langeoog Haie, *Langeoog Tod*,
Langeoog Blut.

Langeoog Tod und
Langeoog Blut
sind unter dem Pseudonym
Kim Lorenz erschienen.